U0040257

低調赤裸！

狐獴大叔

之

職場亂鬥

Tom 著

MFN的客戶
鈴木 猩丸
Suzuki Kaoru
白鳥 蓮曼森
Shiratori Rinmanson
上司
下屬
TooFunny國際精品
米原 蛇男
Yonehara Hebio
長谷川 友子
Hasegawa Tomoko
阿部 拓也
Abe Takuya
學妹學長
胡渣子
Hige Atoko
路人

MFN創意公司
佐藤 誠
Sato Makoto
田中 健太
Tanaka Kenta
死對頭
枝野 幸男
Edano Yukio
宇都宮 燃志
Utsunomiya Moyashi
吉田 福太郎
Yoshida Fukutaro
白兔
Shiro Usagi

目錄

每天坐16小時以上的工作

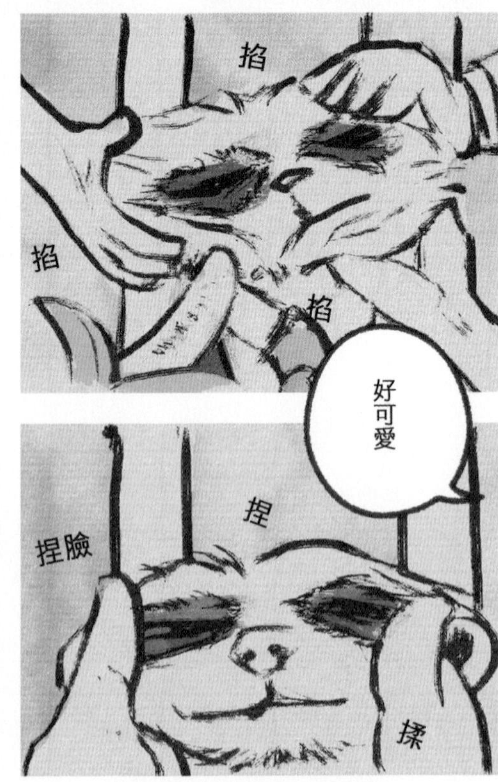

媽媽，我可以摸狗狗嗎？

沒禮貌！
我不是狗!!!

你是最喜歡站哨的狐獴吧！

咕

哈啾

給我把鬍渣刮一刮!!!!
我最討厭站哨啦!!!
對毛過敏就不要玩路邊的狐獴啊!

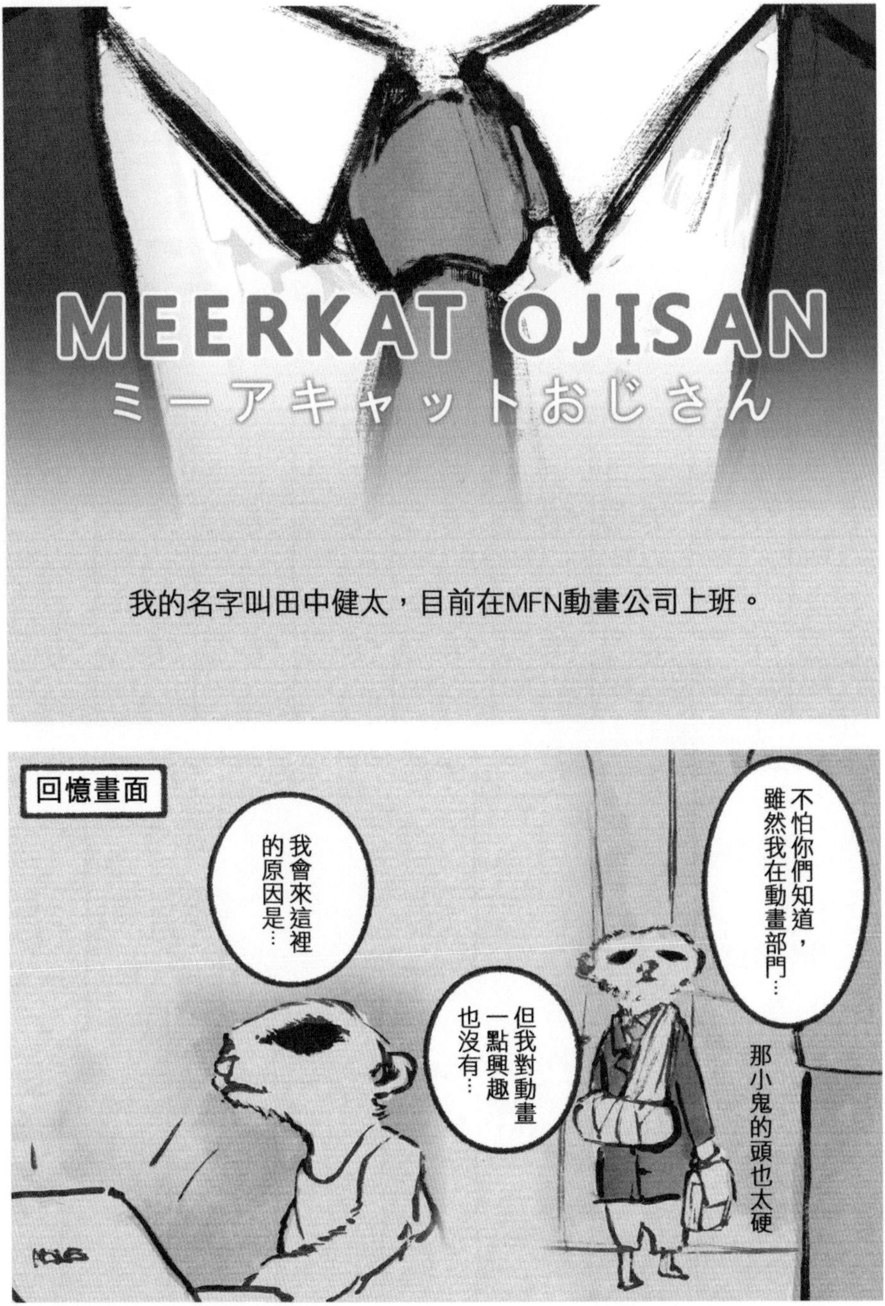

MEERKAT OJISAN

ミーアキャットおじさん

我的名字叫田中健太，目前在MFN動畫公司上班。

回憶畫面
不怕你們知道，雖然我在動畫部門…
但我對動畫一點興趣也沒有…
我會來這裡的原因是…
那小鬼的頭也太硬

這是一份夢幻工作，員工平均每天要坐16個小時…
Koog
一直坐著 工作
Koogle好手氣
好

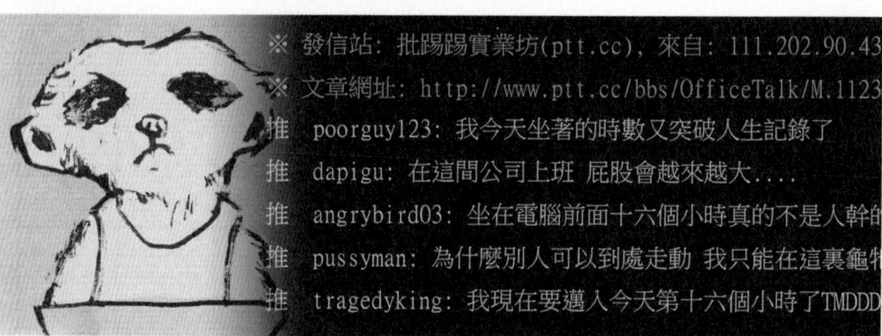
※ 發信站: 批踢踢實業坊(ptt.cc), 來自: 111.202.90.43
※ 文章網址: http://www.ptt.cc/bbs/OfficeTalk/M.1123
推 poorguy123: 我今天坐著的時數又突破人生記錄了
推 dapigu: 在這間公司上班 屁股會越來越大....
推 angrybird03: 坐在電腦前面十六個小時真的不是人幹的
推 pussyman: 為什麼別人可以到處走動 我只能在這裏龜
推 tragedyking: 我現在要邁入今天第十六個小時了TMDDD

坐16個小時以上
坐16個小時以上
坐16個小時以上
坐16個小時以上！！！
註：狐獴的傳統習性之一是站哨。

我需要這份工作!!
面試吧!!健太!!

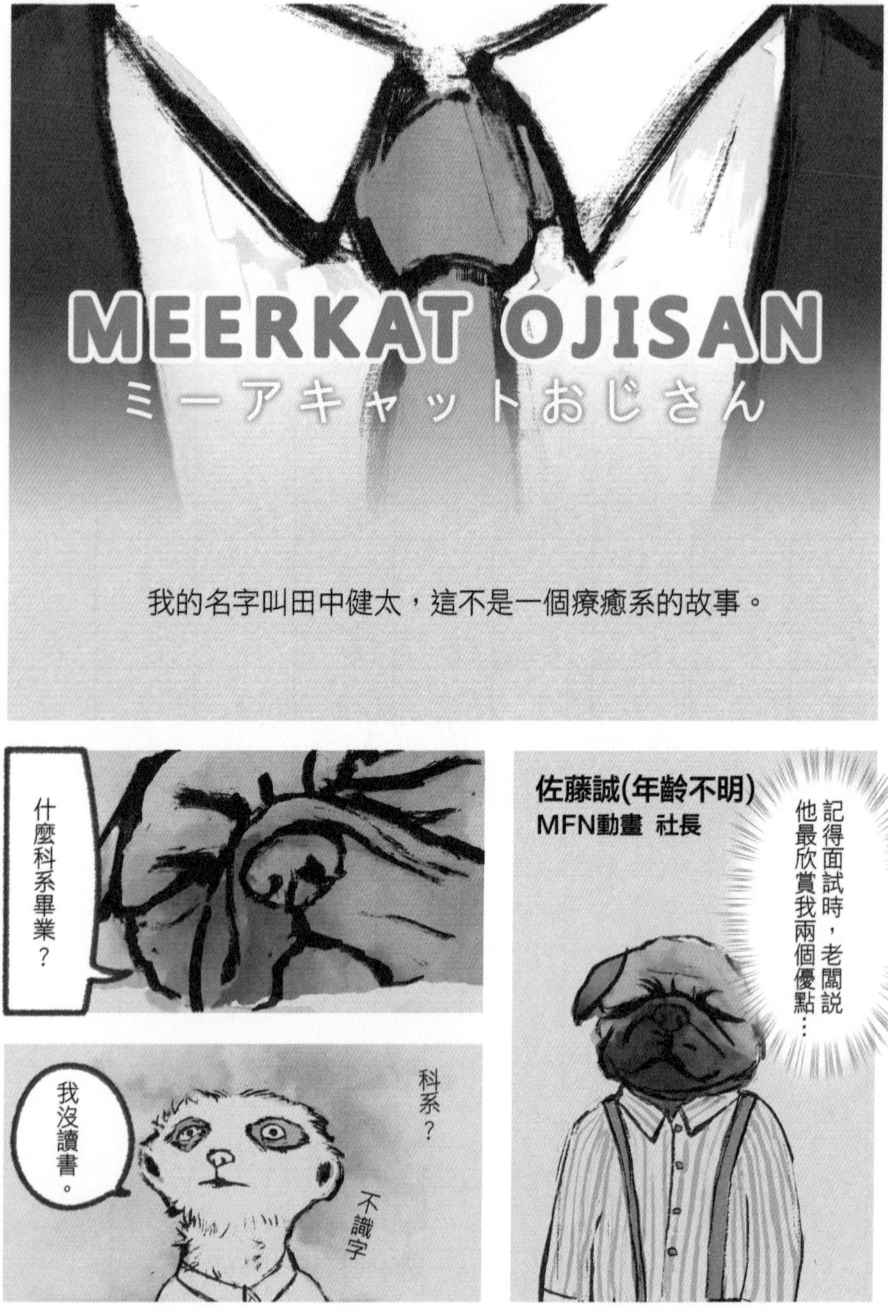

MEERKAT OJISAN

ミーアキャットおじさん

我的名字叫田中健太，這不是一個療癒系的故事。

佐藤誠(年齡不明)
MFN動畫 社長
記得面試時，老闆說他最欣賞我兩個優點…

什麼科系畢業？

科系？
不識字
我沒讀書。

太好了！

我也沒有！

知道這工作要坐很久嗎？

我不喜歡站著

很好！

那…你的夢想是什麼？

唔…這個…

我沒有夢想…

（會很膚淺嗎？）

嘎!!!

明天來上班⋯⋯

令人害怕的職場對手

MEERKAT OJISAN
ミーアキャットおじさん
我的名字叫田中健太，最害怕的職場對手是…
看起來老實的人。
松鼠嗎?!
哇嗚！好胖的臉！

這傢伙跟我同期進來，
雖然平常看起來老實，
但一接觸到電腦
就變了一個人!!
ASUS

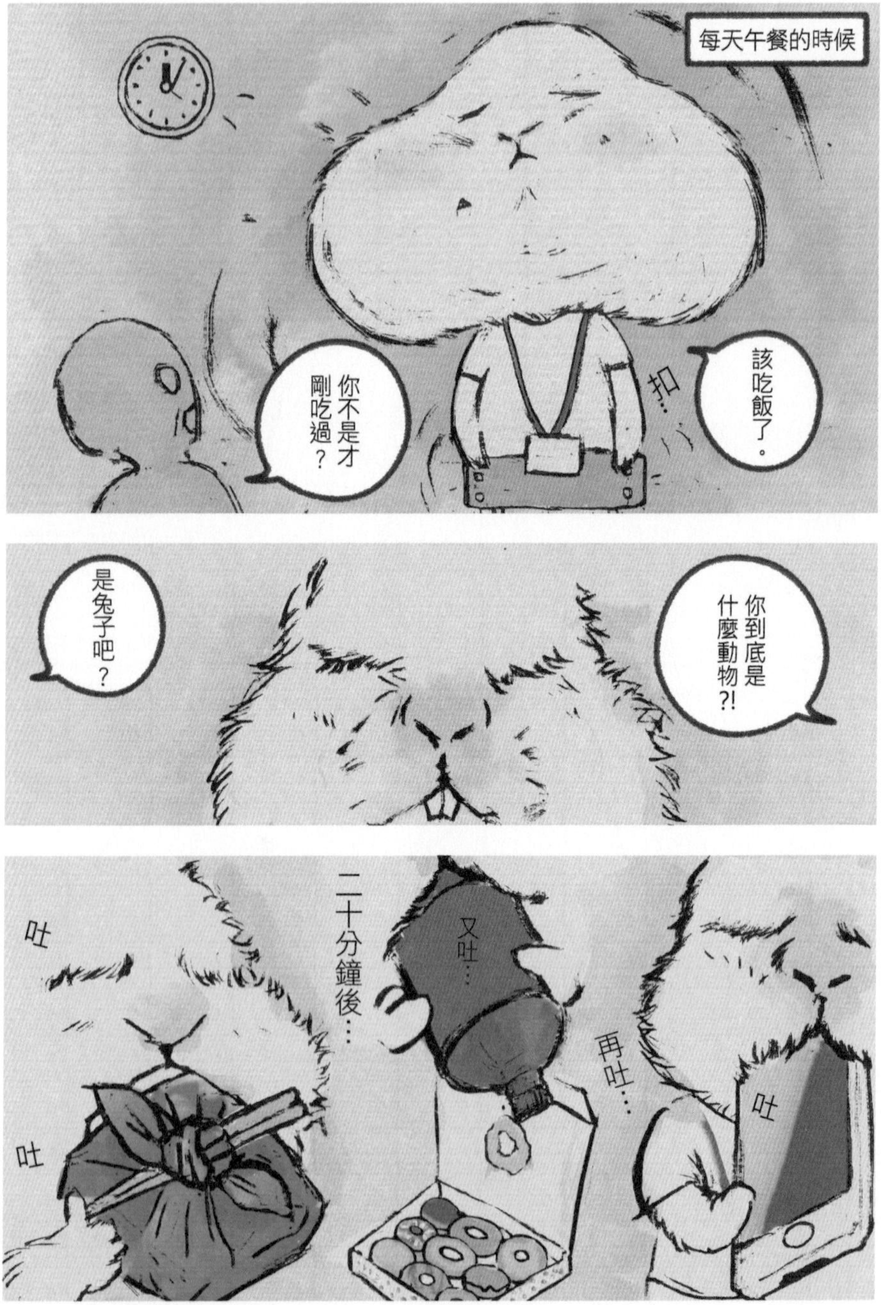

每天午餐的時候

該吃飯了。

扣…

你不是才剛吃過？

你到底是什麼動物?!

是兔子吧？

土撥鼠
到底哪像啊？臉頰太凹了吧！
枝野幸男(32)
新人(實習)/動畫天才
唔
幹！這不是我的手機嗎！
都是菜渣啊…你這髒鬼。

死不認錯
阿嘶~~~
嘎!!
敢挑釁我
這是…
抹茶口味?
蹧蹋公司電腦啊!你們…

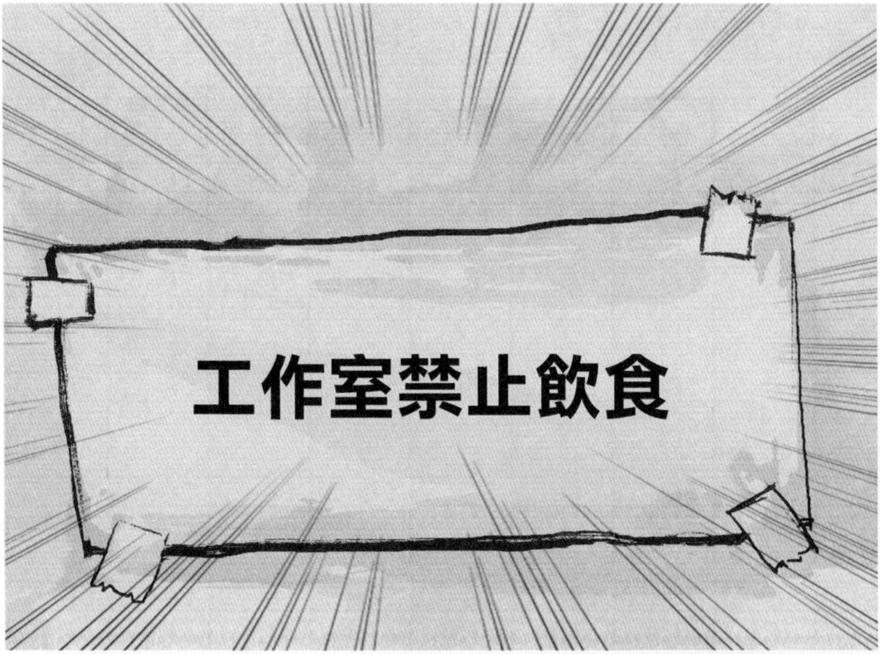

工作室禁止飲食

動畫天才從此失去上班意志。

工作室禁止飲食

客戶——我們的神

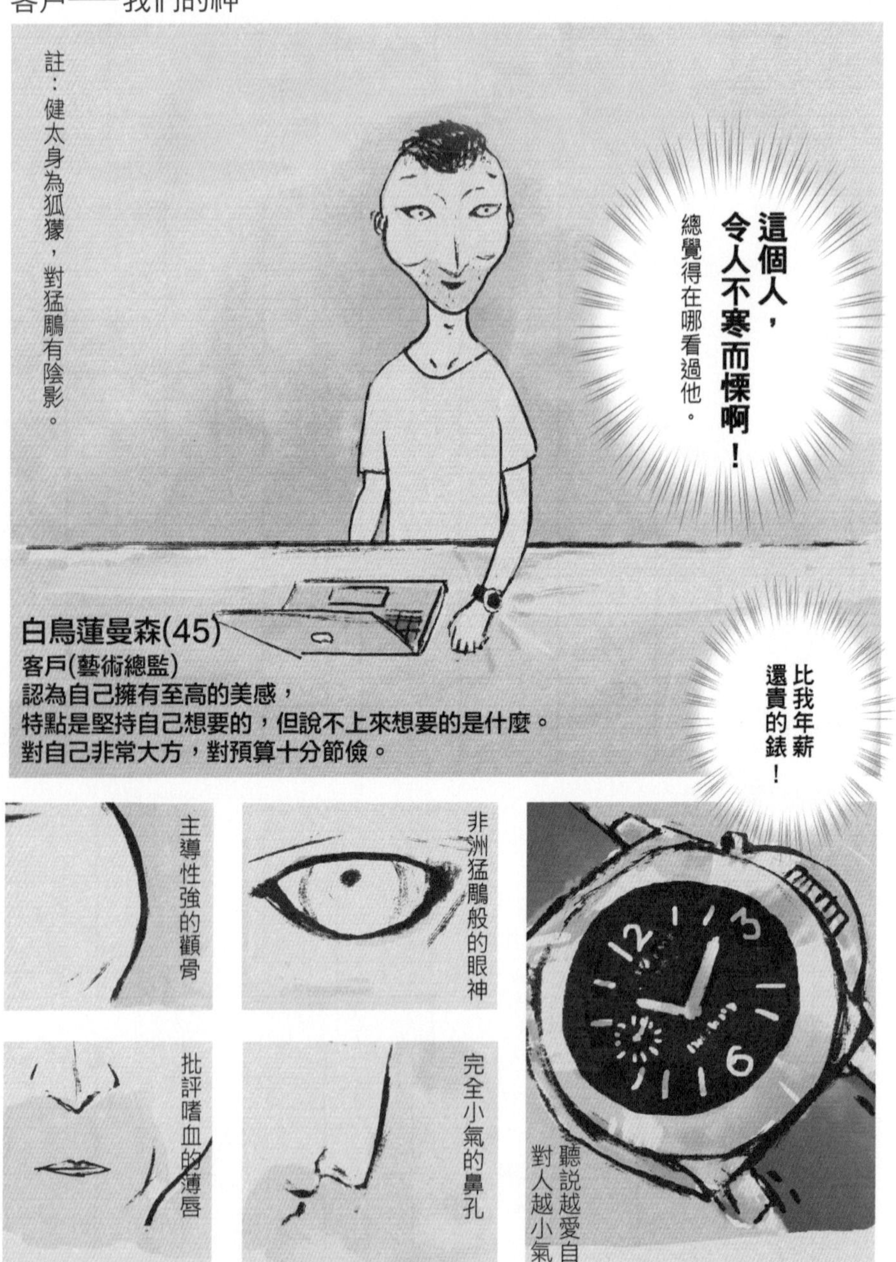

註：健太身為狐獴，對猛鵰有陰影。
這個人，令人不寒而慄啊！
總覺得在哪看過他。
白鳥蓮曼森(45)
客戶(藝術總監)
認為自己擁有至高的美感，
特點是堅持自己想要的，但說不上來想要的是什麼。
對自己非常大方，對預算十分節儉。
比我年薪還貴的錶！
主導性強的顴骨
非洲猛鵰般的眼神
聽說越愛自己對人越小氣
批評嗜血的薄唇
完全小氣的鼻孔

但最讓我分心的是，

旁邊這什麼!!!
註：健太身為狐獴，對蛇類無法抗拒。

好想吃!!

忘了跟你介紹，這是我的助理「蛇男」。

米原蛇男(24)

買尬！好美味！
我在家鄉最愛吃這個！
想吃他吧！
我完全可以理解啊！
我也是
花很多時間⋯
喋
喋
喋
才忍耐下來的!!
沒禮貌！

田中啊！
為了拿到
白鳥的案子，

不要說是擦鞋，

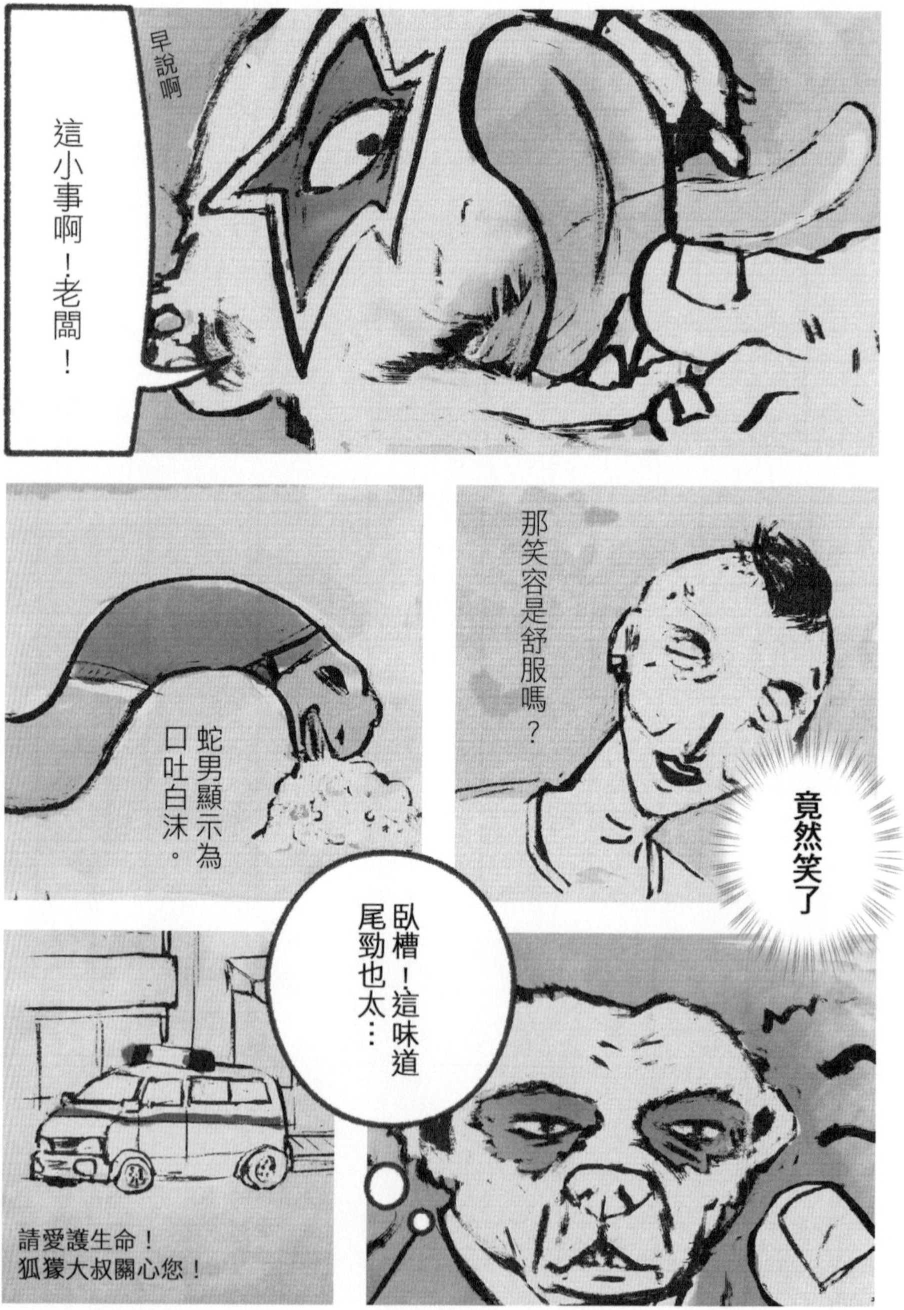

那笑容是舒服嗎？

竟然笑了

蛇男顯示為
口吐白沫。

臥槽！這味道
尾勁也太⋯

請愛護生命！
狐獴大叔關心您！

英國研究—— 兩個人的戰爭

MEERKAT OJISAN

ミーアキャットおじさん

我叫田中健太，

目前正在享受不用站哨的職場生活。

會議中
今天要宣布兩件重要的事，
第一件事，

公司警衛白兔胖哥昨天值班時
掛了…

反正我早覺得保全太貴。接下來，我會根據三個月內的考核，從兩個最菜的新人中選一個人…

第二件事，為了大家的健康，

別整天坐著了!!(英國研究)

!!!!!

今天開始，
站著上班。
（這可是英國研究）
我一定要辭職！
別浪費力氣了，
五年之內擅自離職有賠償條款。

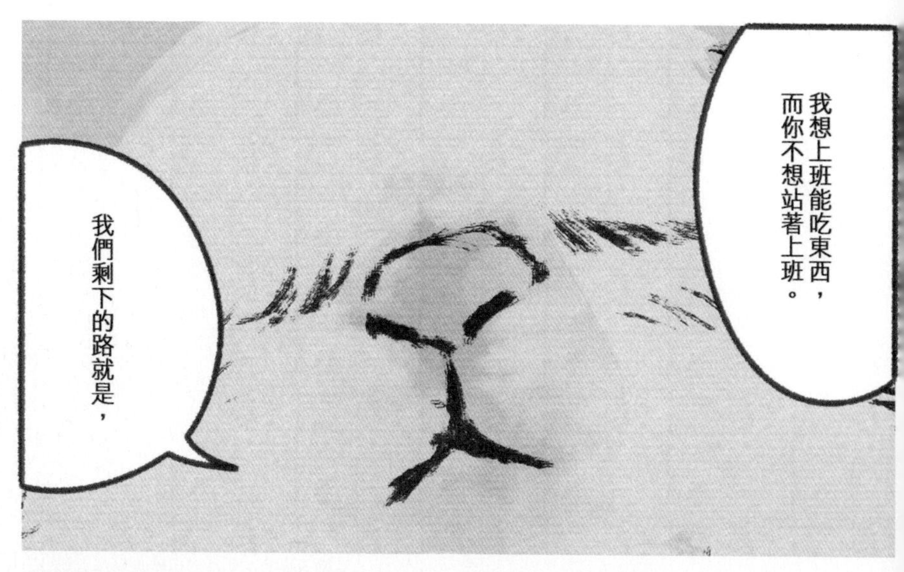

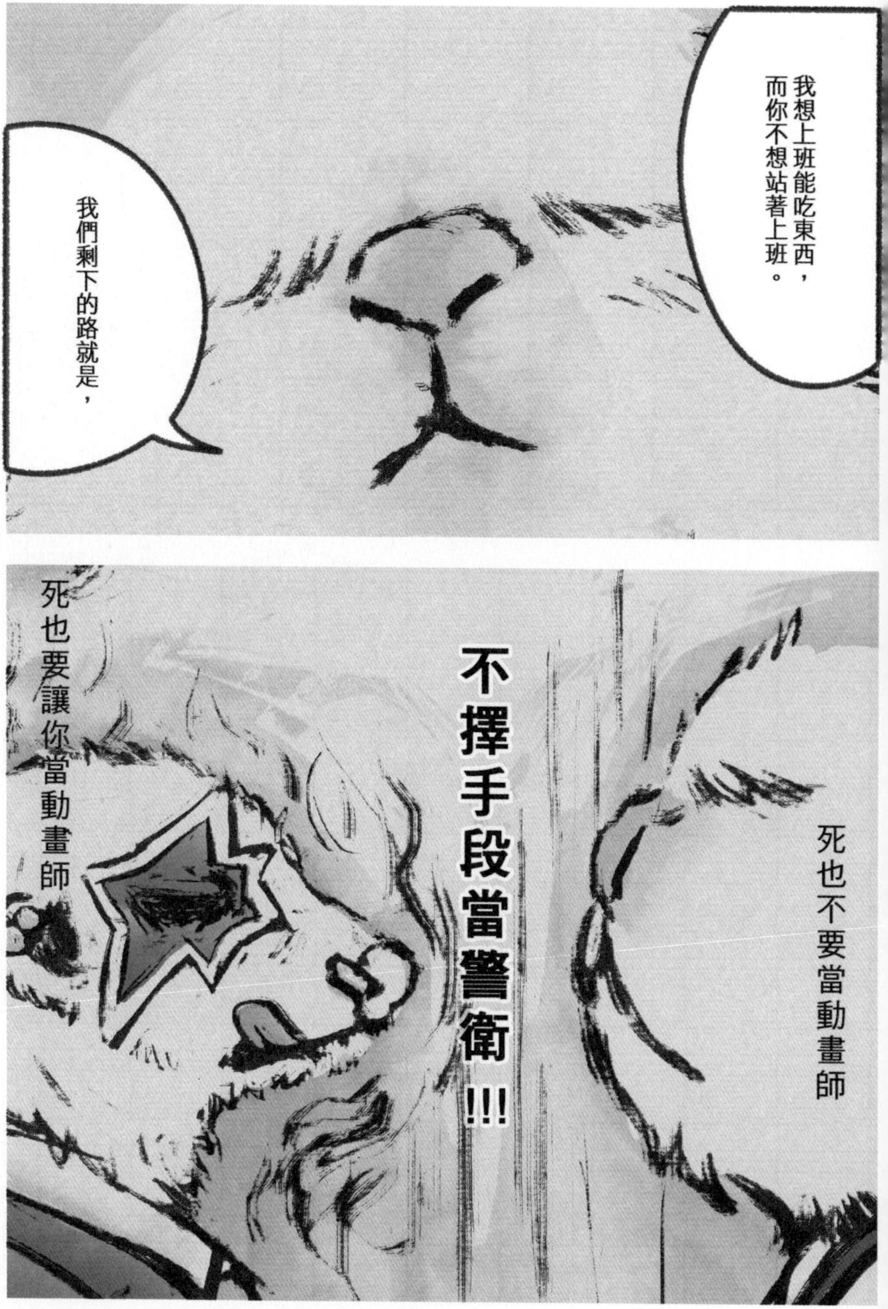

死也不要當動畫師

不擇手段當警衛!!!

死也要讓你當動畫師

大叔力

七個黃金守則
三十歲前一定要學會

覺得我要講什麼有意義的話吧？
沒有！

法則一：對大道理感到懶惰

大叔力

法則二：只聽自己想聽的

兔子？我認真是個土撥鼠啊！

聚餐喝太多了…
想尿尿…
好冷
好想尿尿…
怎麼有個洞？
救星!!
不行…太下流了…
但應該沒人會發現吧!!
ok啦!!
這樣隨地尿，和狗有什麼不一樣？
不行!!
不管了啊啊啊啊

隔日早上
我說，最近也太冷了吧！
該死的我，昨晚是白痴嗎…
鈴木猩丸(48)
對小動物頗有研究
這是誰的屁眼？
這個口徑…
1.3cm
聞
這個氣味…

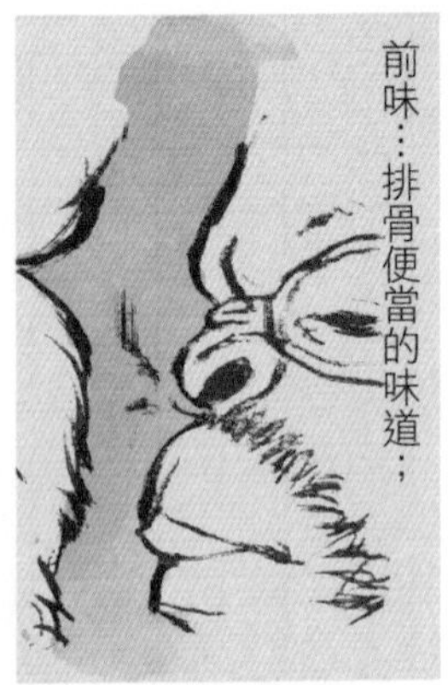

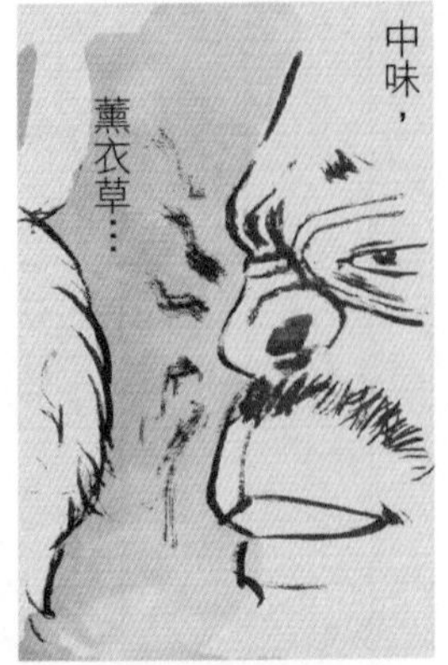

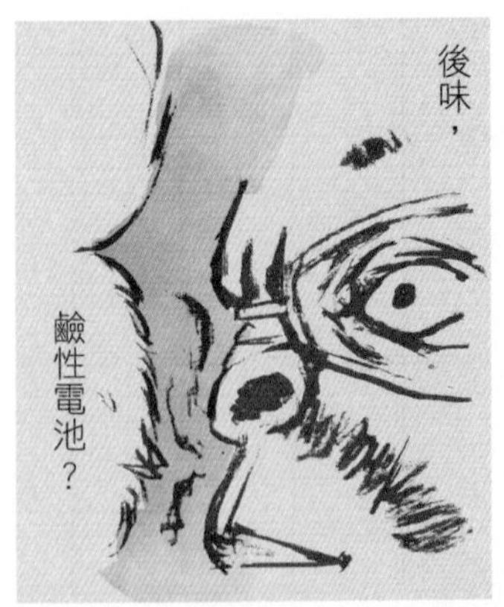

是狗。
長毛臘腸吧！我猜。

終於脫身，到了公司。

昨天，其實
老闆還宣布了另一件事…

接下來將開始趕工製作
白鳥先生的案子，

也許會請他欽點
下一支案子的動畫師，
這樣連試用期三個月都免了。

MEERKAT OJISAN
ミーアキャットおじさん
所以，不想當動畫師的話，
除了平日盡量擺爛之外，白鳥的選擇是關鍵！

今天剛好有別的客戶
的會議，所以讓老闆
覺得我不適任，
第一件事就是…
搞砸今天的會!!

註：由於單一客戶的預算通常不高，
因此一個月內需要接受不同客戶的委託，以維持營運。

動畫師來了。

請他進來吧。

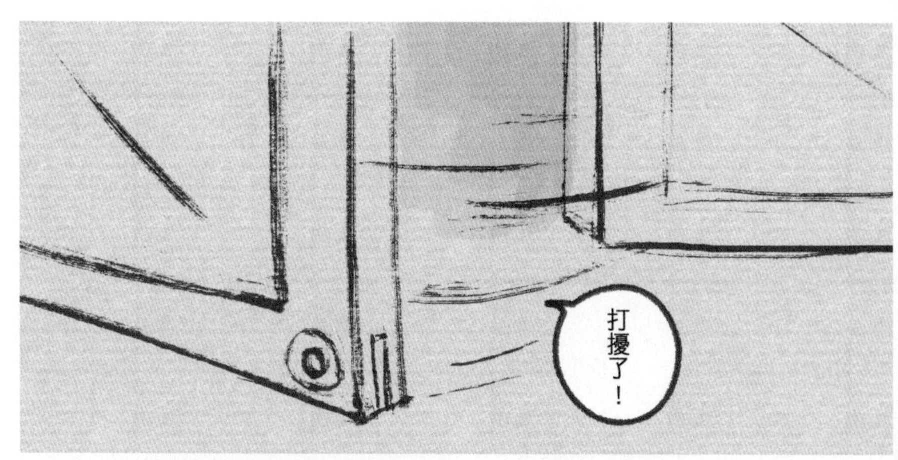

全⋯全裸！

嚇

公事包後面靠著
一包什麼東西嗎?!

白襪子

都不穿衣服了
穿什麼襪子!!

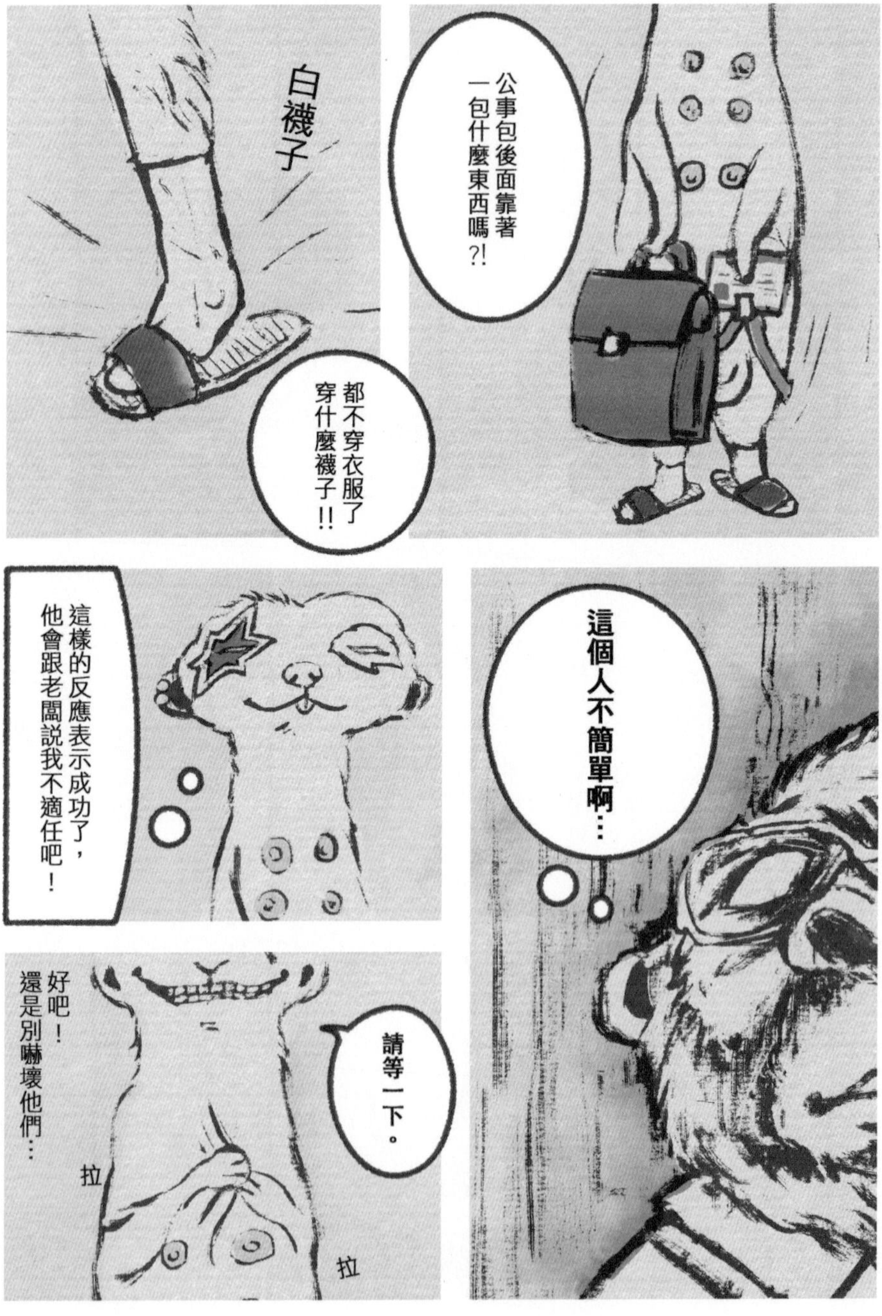

這個人不簡單啊…

這樣的反應表示成功了，
他會跟老闆說我不適任吧！

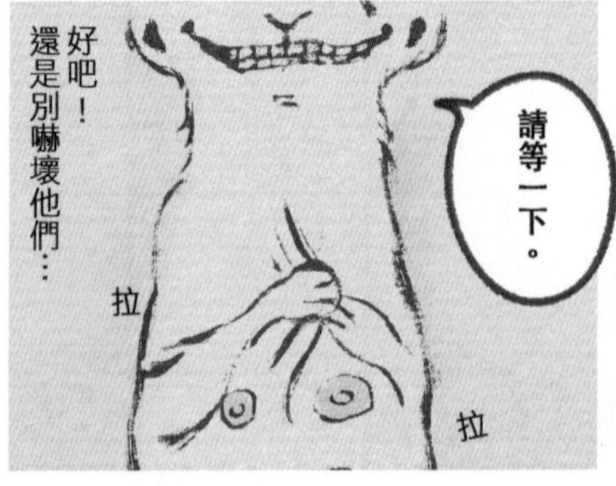

請等一下。
好吧！
還是別嚇壞他們…
拉
拉

早上忘了穿褲子嗎?!

嘎

會被當變態的啊！

那是什麼表情!!
竟然反而加分了嗎?!
這傢伙真的
很有問題啊啊啊

友子的顏藝技能

長谷川友子(28)
國際精品TooFunny櫃姐
沒有誒。
我看起來像有抽菸嗎？
小妹妹妳有打火機嗎？
圖文書會被家長檢舉的！
喘～～
竟然真的有…

妹妹乖乖～
妹妹最可愛了～
服務業果然太虛假了吧!!
是隔壁創意公司的動畫師嗎？
貧窮的味道…
睡眠不足的樣子…
妳怎麼知道？
單身很久的眼神…

※長谷川友子，對尼古丁異常亢奮。
爽臉
就是動畫師吧！
不過，我的工作
也很悲情啦…
你聽我說…
抽菸的臉…
一定要這麼扭曲嗎?!

大叔力

每個人都應該愛護小動物喔！阿嘶⋯⋯

法則三：開始培養令人不解的興趣

國際精品的戰場上，業績就是一切。

看對戒嗎？恭喜！
什麼時候結婚呀？
噢…明年底結婚！
！
明年?!
現在看心酸的嗎？
假日就是對戒鬼
成群出沒的時刻。
嗯麻～公～愛你喲～
啾咪
啊！有男客人
走進來！

先生您好
想看些什麼？
預算多少？

前輩!!
不可以這樣吧!!

滑溜

註一：單獨男客，成交率90%。（男人沒事不會逛飾品店）

註二：單一女顧客，成交率只有兩成。
（而且是叫男友來買）

兩個女生客人…
註三：兩位女性顧客上門，成交率趨近於零。
壓力很大的樣子啊！友子～
買銀飾凹免費清潔，
還説要客訴我…
説去領錢，
然後就沒再
回來的…

白眼翻不完

初次交鋒—— 神之手

MEERKAT OJISAN
ミーアキャットおじさん
今天白鳥的案子要交第一次進度了呀…
這對公司來說是重要的日子！
會有一群下午不想上班的客戶
在背後看著你…

然而，
在這樣重要的日子裡，
我的進度是…

完全沒做。

這次應該沒問題吧？
老闆絕對會盯死我。
這樣一來，
就可以順利去當警衛了！

枝野!!

什麼時候?

該死的傢伙啊!

這東西做完起碼也要
一兩個月啊!
這傢伙是3D神之手啊!!

不可饒恕啊

REST IN PEACE!!!

!!

這是什麼詭異氣氛⋯

竟然，全體鼓掌了嗎？

今天不回家了！待在公司通宵守著電腦，總該沒問題了吧？

死盯著…

絕對不允許有新進度…

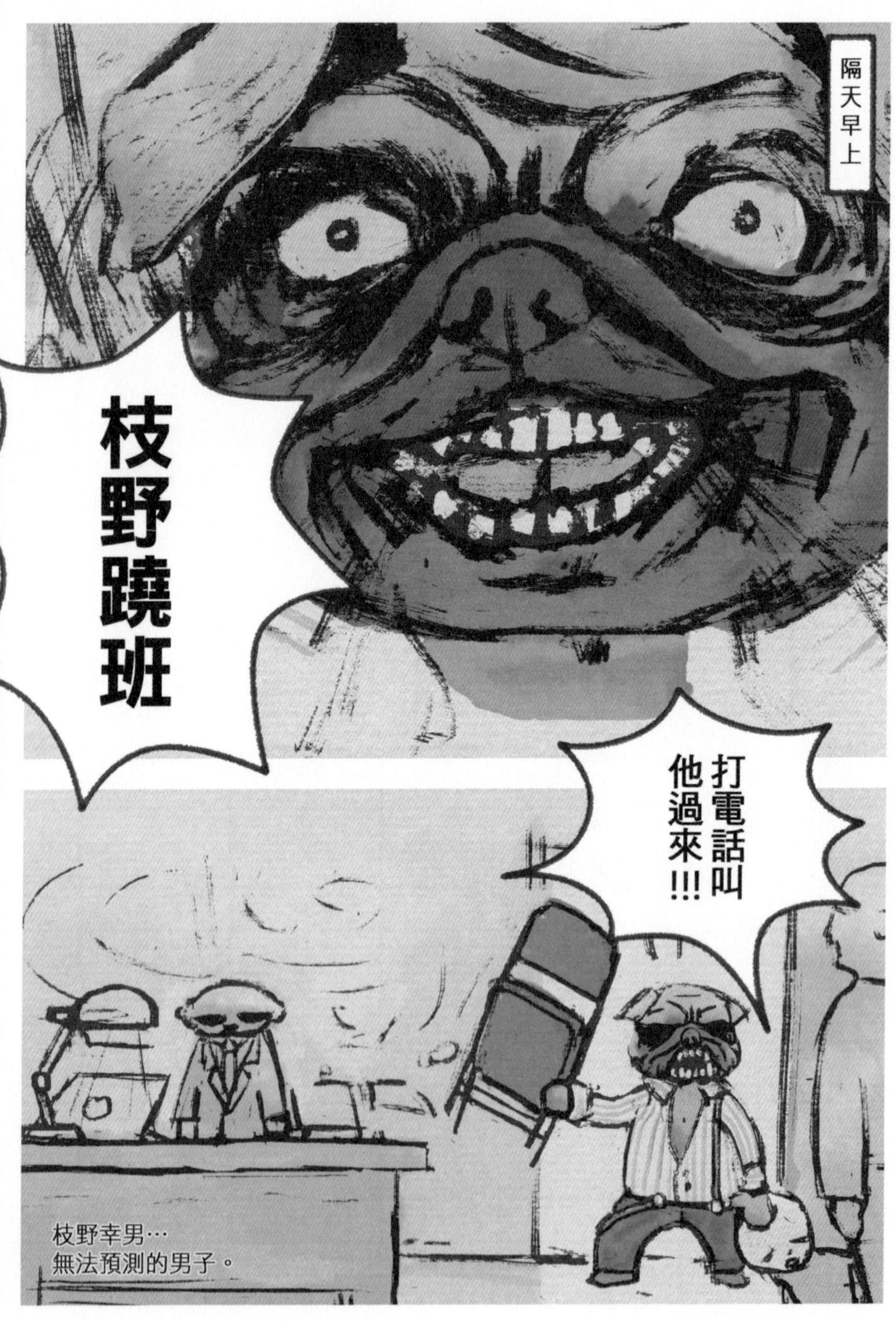
隔天早上
枝野蹺班
打電話叫他過來!!!
枝野幸男…
無法預測的男子。

活在自己世界的男人 I

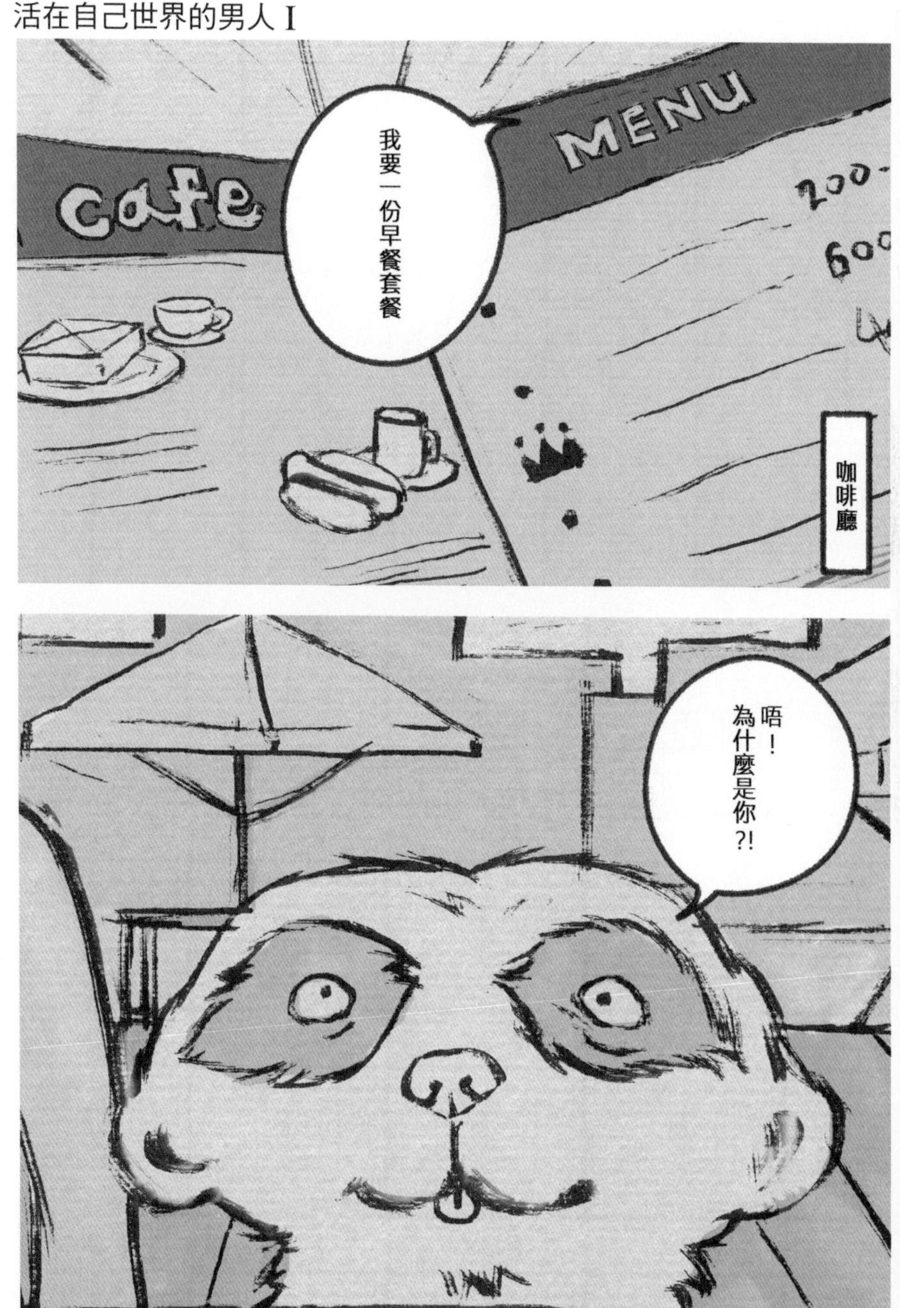

我想體驗各種不同人生。
在咖啡廳有必要練這麼壯嗎？
那是你朋友嗎？
緊繃

什麼朋友?!
擠入
這看起來很好吃耶！

怎麼又是你？
這個城市沒有
其他角色了嗎?!
嘖
誰問你了!!
我要B餐!!
無視

死白目!!
你不懂排隊啊!!!
唔…
我的帽T
拉緊
看大叔禁斷技!!
阿嘶～

老闆!!什麼時候出現了!!
香蕉鐵拳!!!
跌倒
啊
噢
嗚
唔
哎
咿
呃

猩丸！
幸災樂禍嘛?!
拍手
拍手

大叔力
半年票
在結案後兩個月收到了
法則四：覺得每個人都在逼你

九折券

某日下午的公司後門

一點小小心意，評選的時候就麻煩你了…

MFN動畫有限公司

九折券

hehehehe..

OK la..

先生~~你有打火機嗎？
嘴巴裡好像有…
有！
我先離開了…
飄離
是對面公司的動畫師吧？
嗯，對。
我就知道！
有戴識別證啊！

幹嘛瞪她!!
妳討厭身材好的女生?!

瞪

呵呵呵

哪有！我最喜歡看漂亮的女生了！偶爾還會跟男友討論。

我不相信!!!

是嗎？那個…想順便請教妳…

妳這健康膚色是怎麼晒的？
我連去健身中心日晒
也晒不黑啊！好煩惱。
姊是白肉底啊！
而且上禮拜才
打了小臉針吶!!!
嘎！沒禮貌!!
相當在意
真羨慕！
我因為臉頰凹，
還得塞些食物
才像土撥鼠。
先走一步啦！
打擊

MFN動畫有限公司
九折券

咦…這是?!!!

MFN動畫有限公司
九折券

大叔力
應該很簡單吧！我週一早上要看喔！呵呵呵！
法則五：對於被剝奪假日這件事感到麻木
※消失一整個禮拜沒回覆的客戶，最喜歡在週五下班前出現，並且告訴你這段話。

活在自己世界的男人 II

按照面額摺好~
放好~

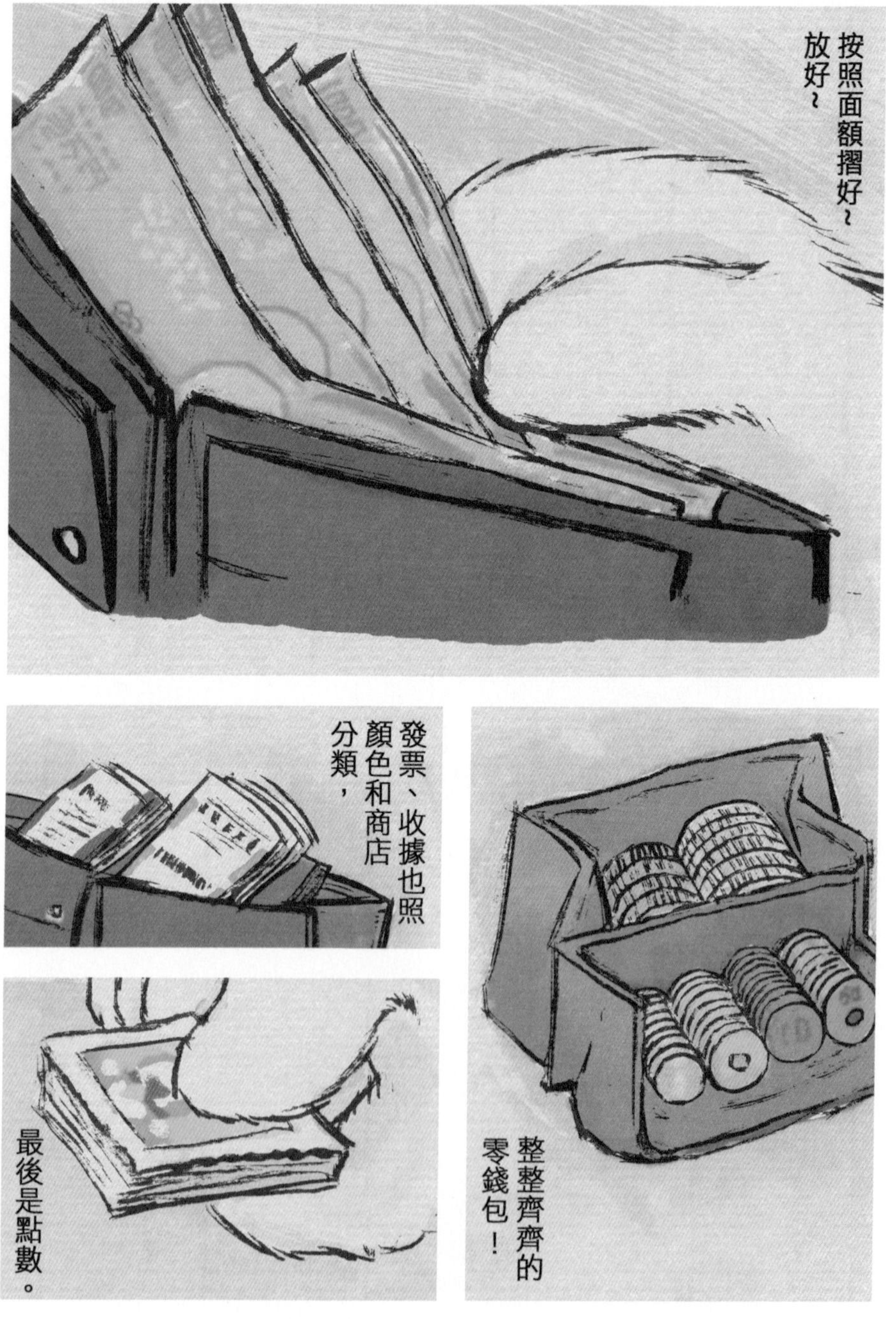

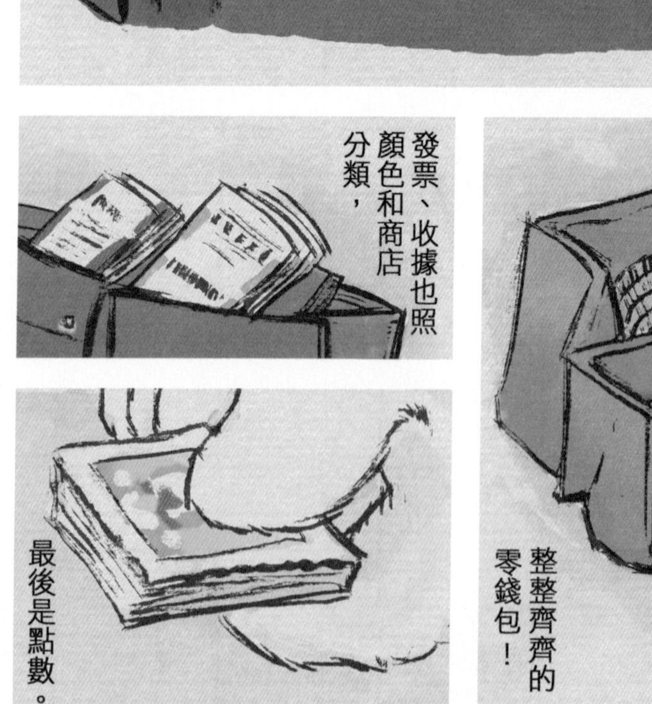

發票、收據也照
顏色和商店
分類，
最後是點數。

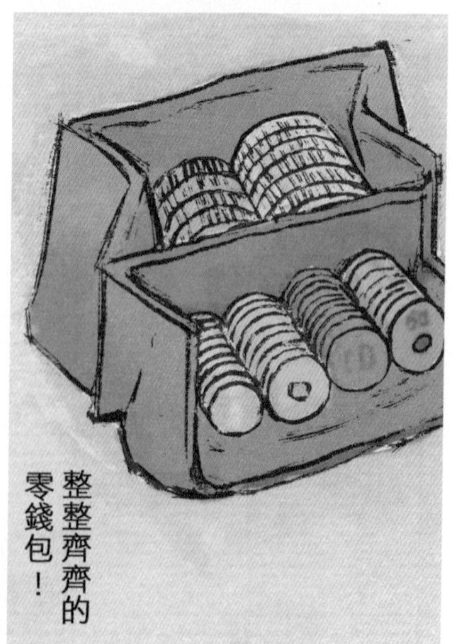

嘿嘿~收好了，開心。
慢吞吞的@#$%…
自私鬼啊！
快點啊…死傢伙…
慢動作嗎？
別擋在前面!!!
搶!!
去旁邊數吧!!
我高中可是進過甲子園！

啪滋!!
誒…社長！
最近人身安全屢遭威脅的佐藤先生…

MEERKAT OJISAN
ミーアキャットおじさん
最近真是心浮氣躁，而且越來越沒辦法專心上班，
因為我開始懷疑我的社長佐藤誠…
到底是不是狗？

今天一起出差，
我剛好可以深入觀察。
順便犯一些錯誤，
真是千載難逢
被fire的好機會！

今天好熱⋯⋯

吐舌

39.6
度

狗會吐舌頭散熱啊！

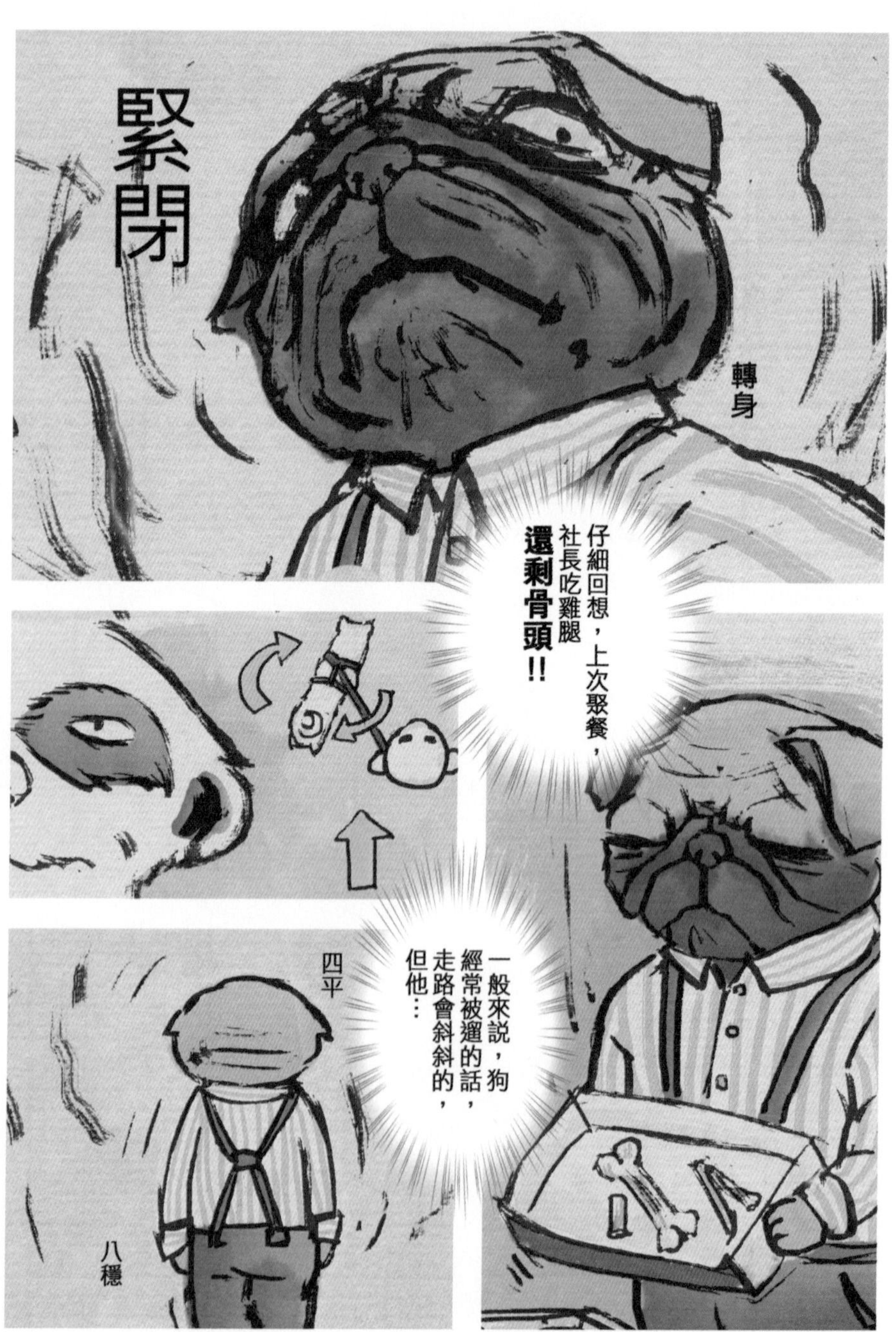
緊閉
轉身
仔細回想，上次聚餐，社長吃雞腿
還剩骨頭!!
四平
八穩
一般來說，狗經常被遛的話，走路會斜斜的，但他⋯

啊！好多狗狗…
這時候他應該
會去聞他們屁股吧？
這是狗的本能…

完全
沒興趣?!
太失禮了
完全無視

到了公園

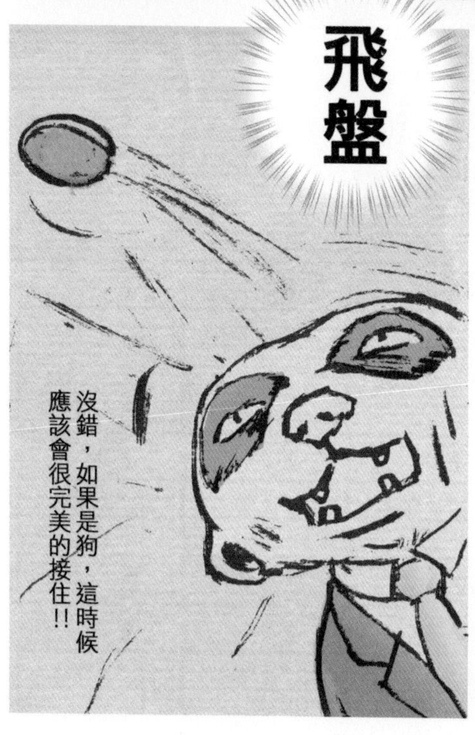
飛盤
沒錯，如果是狗，這時候
應該會很完美的接住!!

嗚呃
死不接
寧可這樣都要隱藏身分嗎？
中午了，好熱啊！吃熱狗吧!!配巧克力冰沙怎樣！
果然不是狗…

棒球!!!
社長小心
躍起
完美接殺

那個…我說…
田中，你其實…

是狗吧?!
告訴我沒關係呀！

老闆經常獨自在深夜
拿出一張白博美的照片，
深沉的看著，發出悲鳴。
呼嚕
呼嚕
難道是他的
老婆…還是?!
這一切實在太奇怪了…

檔案室

我決定…

趁今晚調查!!

員工證

MFN INC WORK CARD

姓名：

唔？

這是舊的員工證?!

白博美!?

員工證
MFN INC WORK CARD
姓名：佐藤誠
職稱：CEO
亂七八糟
老闆果然不單純!!!
好多年前，
一個動畫師
一天工作十四個小時…
為了賺更多錢，
能早點下班，
終於開了
自己的公司…

開了公司之後才發現，
連僅存的下班和
休假都沒有了，
那之後，
我也失去了，

剩下的一點狗性…

MEERKAT OJISAN
ミーアキャットおじさん
我的老闆佐藤先生，果然不是一般狗…
一直覺得有問題，原來他只是個工作到臉都黑掉的傢伙…
是相由心生嗎？
枝野！竟然又在我的位子偷偷幫我做進度!!
不行！就算現場逮住他，他也絕對不會承認的。

欸~田中今天怎麼是你?!

枝野半夜加班好幾天了，動畫師不容易啊！

果然是他！
別這樣！這篇漫畫最負面的應該是我啊！
你們只要認真工作就有收穫，我們精品業不是…客人不走進來我也沒辦法，沒業績還遇到退換貨的。
乾脆把珠寶以員工價拿去網路賣!!
人品太糟了吧！友子…
會被抓去關的

還有那天，
你們家的枝野和一個長得
像鳥的先生在聊天，
這是他掉在地上的…
上面寫折價券？
他們倆果然有串通!!
那個死傢伙，
一直說自己晒不黑、
自己臉太小好煩!!
我最近要去
打小臉針和晒白機!!!
但是，為什麼要這樣
大費周章賄賂白鳥？
不是放著輸掉就好嗎？
居然還自己發這種東西，
是要故意氣死老闆嗎？
吉田伯

吉田福太郎(58)
吉田福太郎曾是擁有上千萬粉絲的國際巨星，
從童星時期就過著「金錢、女人、跑車」的奢靡生活。
殊不知人類世界有多殘酷，過了一年不到的時間…

吉田變成一個完全沒人關注的過氣藝人，
他開始陷入低潮，變得非常負面。
吉田痛恨這個世界，
甚至養成了酗酒的習慣!!!
目前正在公司當清潔工．處於自我放逐的情況。

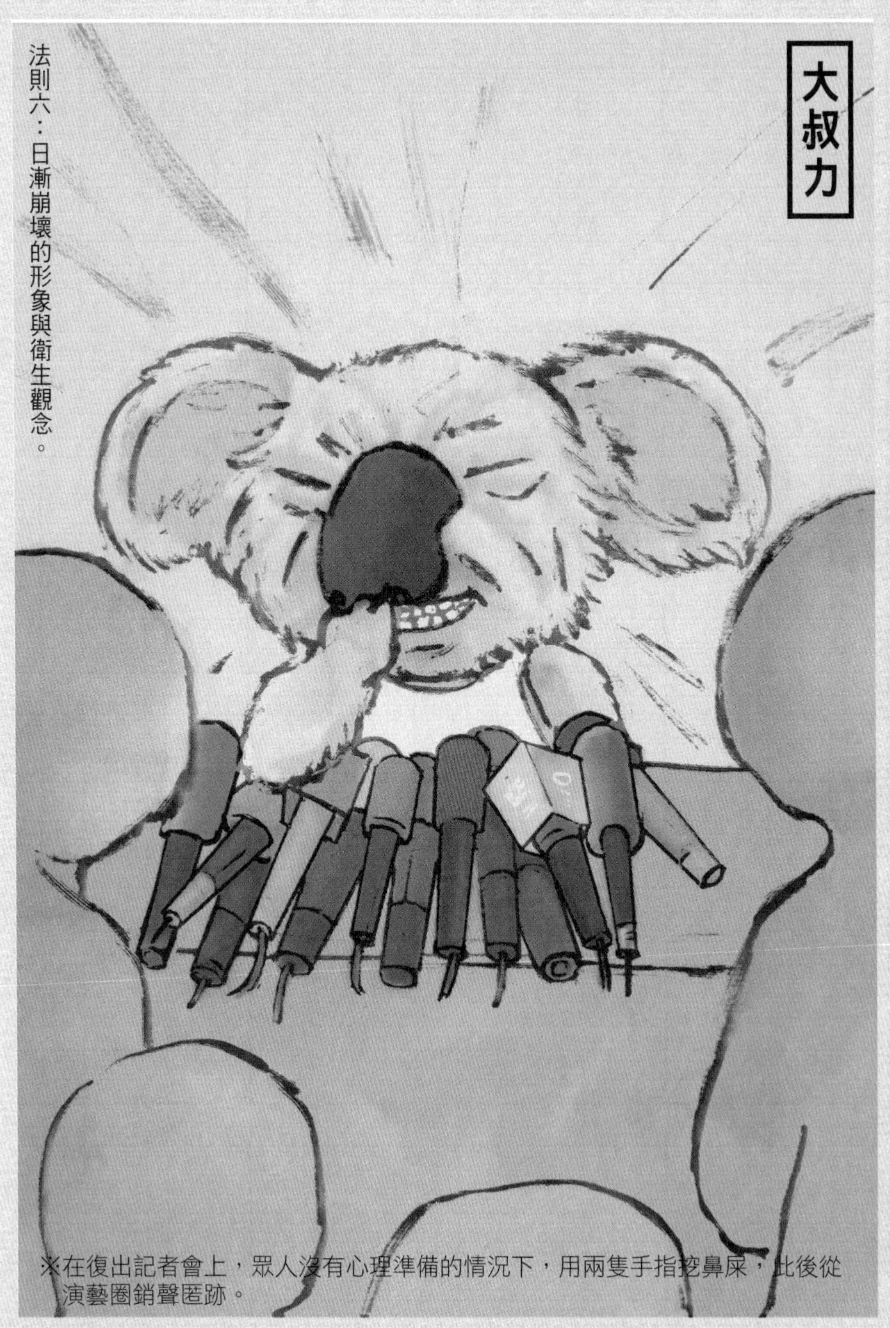

大叔力
法則六：日漸崩壞的形象與衛生觀念。

※在復出記者會上，眾人沒有心理準備的情況下，用兩隻手指挖鼻屎，此後從演藝圈銷聲匿跡。

午餐時間

大家快看那兩個人!!
唔!

喔喔喔喔喔!!!

這女生喜歡他哪一點？
年紀也差太多了！
與其說約會，
不如說是在
談判吧！
老闆好凶狠⋯
醞釀
記得笑，記得笑⋯
不要太緊繃，
免得嚇壞人家啊！
醞釀

這裡最有名的
就是草莓派了!!
想嚇死誰啊
超用力

男廁
提到凶狠臉的代表，
不得不提起公司的會計
「燃志」。
前輩你好。
明明你才是前輩吧!!

燃志是一個好好先生，
在公司常被呼來喚去。
我來幫大家訂便當吧！
雖然偶爾…
喂～燃志
可否幫我…
打哈欠的瞬間會意外
爆出凶狠的表情…
吼
好喔

宇都宮燃志(42)
素食主義者

興趣與能力真的是兩回事。
動畫天才枝野終於看不下去了嗎?!
我來教你吧!!
這麼強的實力卻捲入這種比誰爛的決鬥，實在是職場的悲哀⋯
之前為了陷害我，一個晚上就做好整個村莊的3D角色。

嗯……
今天的廁所怎麼特別陰…
一陣涼
嘎!!!

是吉田大叔啊…
鎖緊
竟然是酒！
嗝~~
當紅的時候，一舉一動都會成為頭條新聞 !!!
睡覺
~可愛~
可愛~
偷摸粉絲胸部
~好可愛~
最喜歡大阪燒 !!
~好可愛~~

過氣的時候…

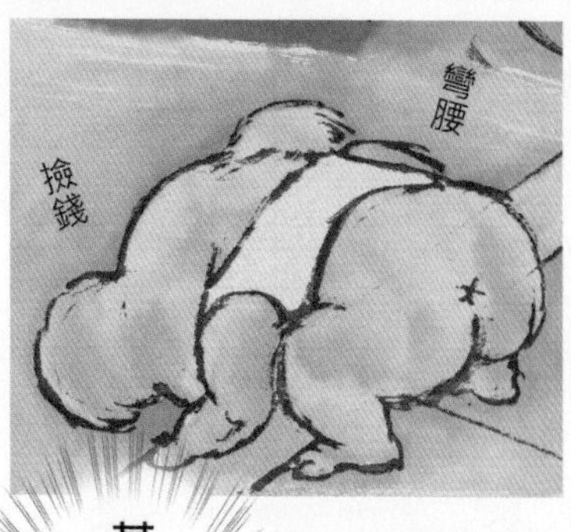
彎腰
撿錢

大阪燒完成!!
目前
最好的朋友是…

甚至被當做狗
沒禮貌!!!

同樣過氣的明星
——企鵝。
教你的記住了嗎？
伸懶腰
下課了
23:00
前輩，我們一起
去尿尿吧！
晚上有點可怕…
就跟你說過
我不是你前輩
這裡最可怕的
就是你!!!

前輩！
別嚇我
前輩，麻煩您了，
雖然我天分不夠，
但是非常想要學習動畫。
別客氣。
你後面好像有人
也還沒下班？
那是？

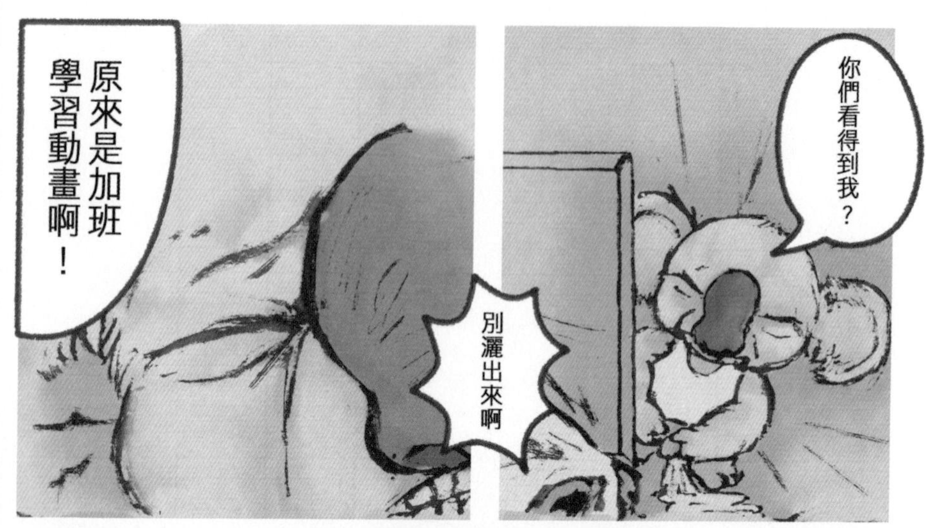
你們看得到我？
別灑出來啊
原來是加班學習動畫啊！

唉，沒辦法，興趣往往不是專長，而天賦卻是你完全不想碰的事呀！

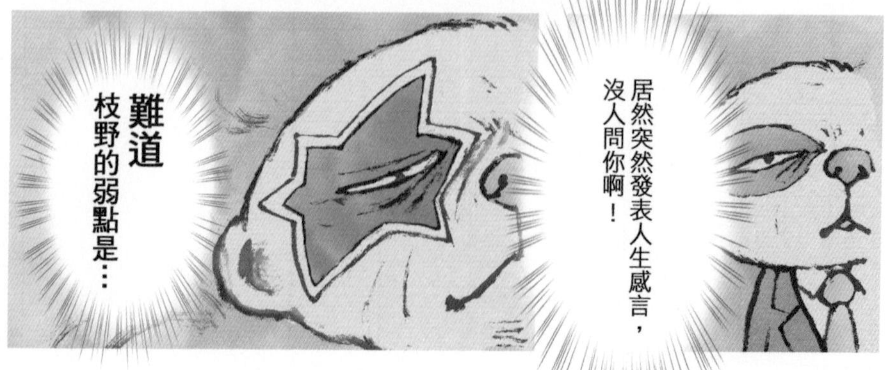
居然突然發表人生感言，沒人問你啊！
難道枝野的弱點是…

大叔力

國小的志願是：經營素食餐廳。
顯然沒有人相信我⋯

法則七：莫名的夢想，早遺忘了⋯

第二次決戰——交片日

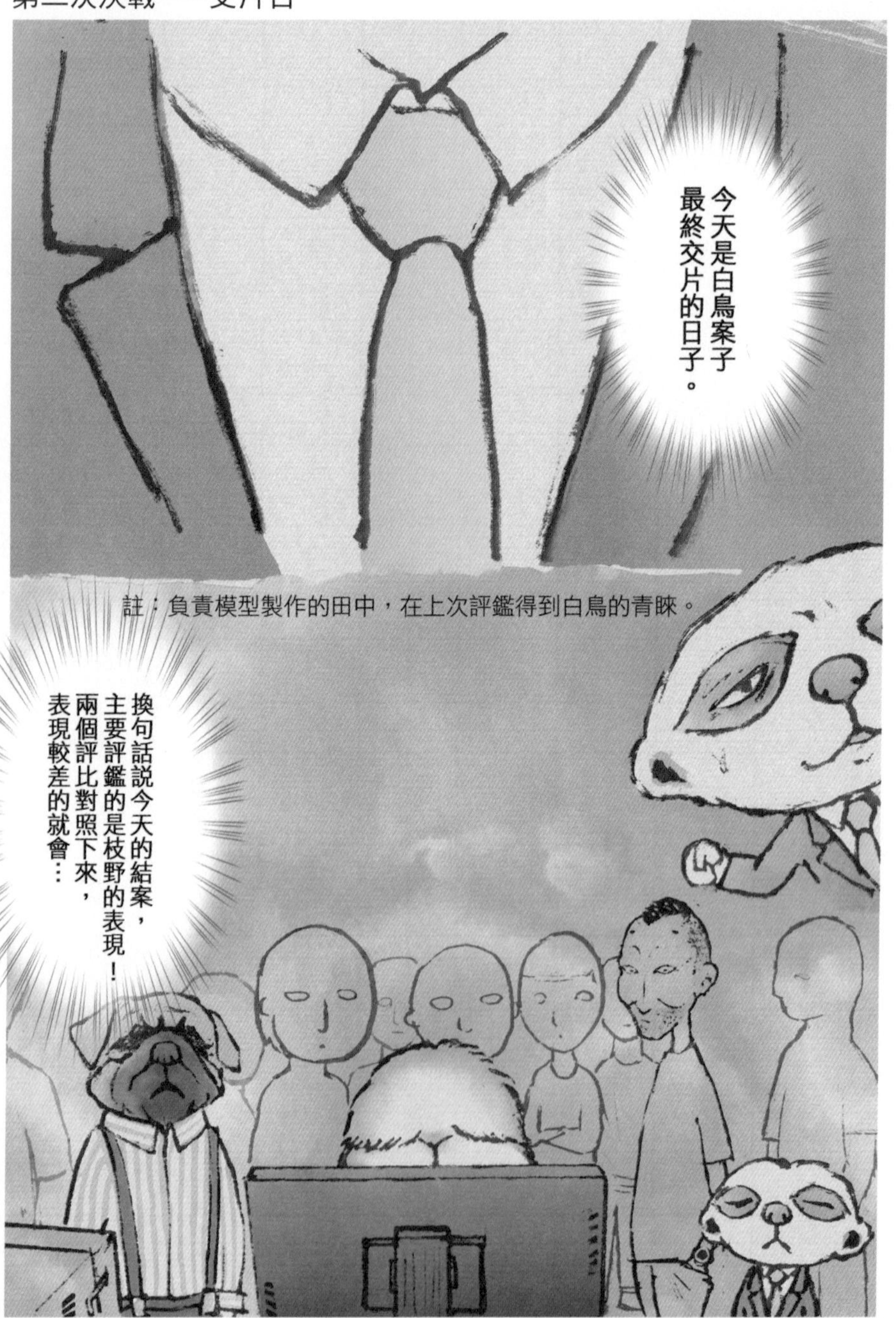
今天是白鳥案子最終交片的日子。
註：負責模型製作的田中，在上次評鑑得到白鳥的青睞。
換句話說今天的結案，主要評鑑的是枝野的表現！兩個評比對照下來，表現較差的就會⋯

被派去當警衛
而表現比較優秀的
則會留在3D動畫部門。
雖然知道他們串通，但還是緊張…

就算有心理準備也受不了啊！

太糟糕了！

等等!!!

比起這個，上次田中的表現就令人印象深刻！應該請他當正式的動畫師！

可是我很喜歡!!!
簡直是天才！
咳，但是我就不介入了，廠商喜歡的話啦！
瞪
那麼，
這次動畫師的人選就是…
等等!!!

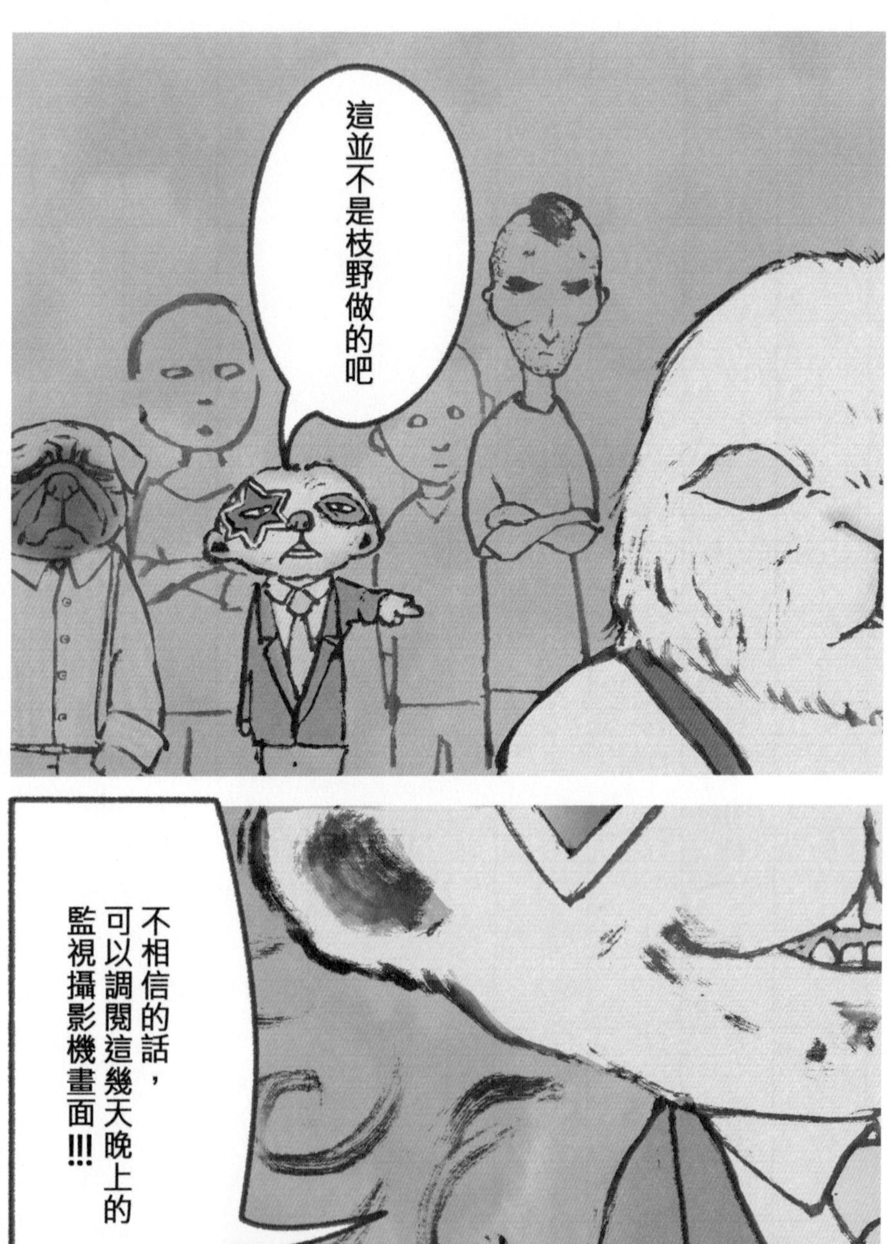
這並不是枝野做的吧
不相信的話，可以調閱這幾天晚上的監視攝影機畫面!!!

於是，大伙開始觀看這幾天監視攝影機的影像。
果然
所以這次的進度
唔，這個是…
根本不是枝野真正的實力。

在搜尋食物外送
放大畫面
你們狂叫外送啊!!!
公司內不是不准吃東西嗎?!

拿筆電蓋泡麵
泡麵
吃火鍋
開十八度吧!!
有點熱啊
你們根本是留下來吹冷氣、上網吧!!!
前輩，我吃素啊。
接下來炒大阪燒。

今日起公司禁止開冷氣!!!

進度沒完成者降半薪！

那麼保全的人選怎麼辦？

警備員
動畫部在二樓~
げっぷ
警衛……坐地上嗎？
那個酒鬼嗎……

沒有冷氣的地獄公司

自從冷氣關閉之後，
全公司陷入高溫…
數位筆被融化
公司內出現
海市蜃樓
椅墊上
那是汗嗎？
田中從非洲來的，
應該不怕熱吧？

嘎!!!
並沒有…
(早已習慣都市生活)
但他們兩個不約而同的想到…
隔壁友子公司的冷氣是開著的!
只要把窗戶全打開就可以偷吹隔壁公司的超強冷氣!!

唰~
唰~

顏面噴射
超熱風

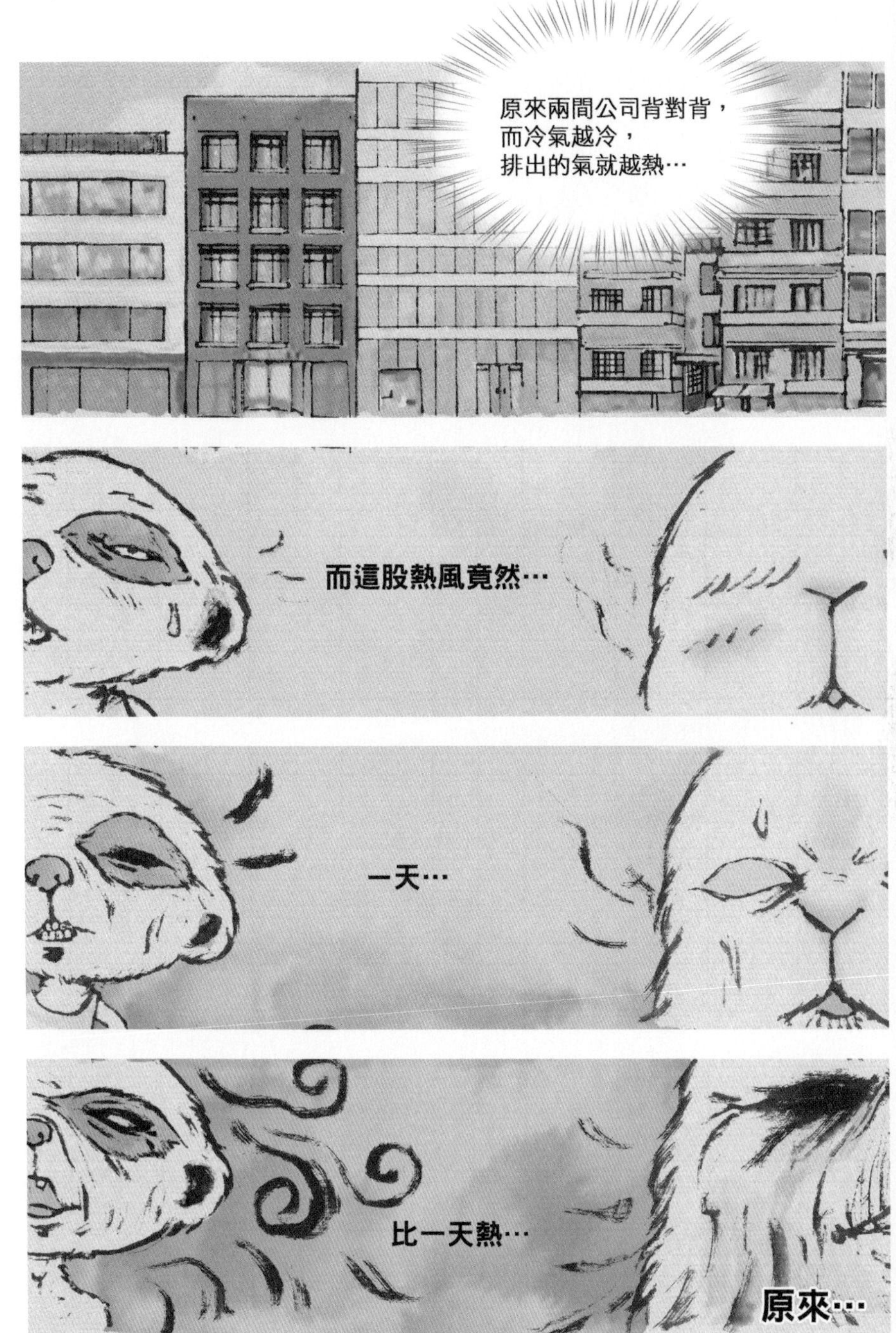
原來兩間公司背對背，
而冷氣越冷，
排出的氣就越熱…
而這股熱風竟然…
一天…
比一天熱…
原來…

不讓閒人亂逛
所以把冷氣開最強？
什麼!!!

沒錯！
逼沒想買的客人快走…
很多人是因為
這裡溫度舒服才進來的…

因為太冷，還得
隨身帶暖暖包…
連衣服內側
都黏了！

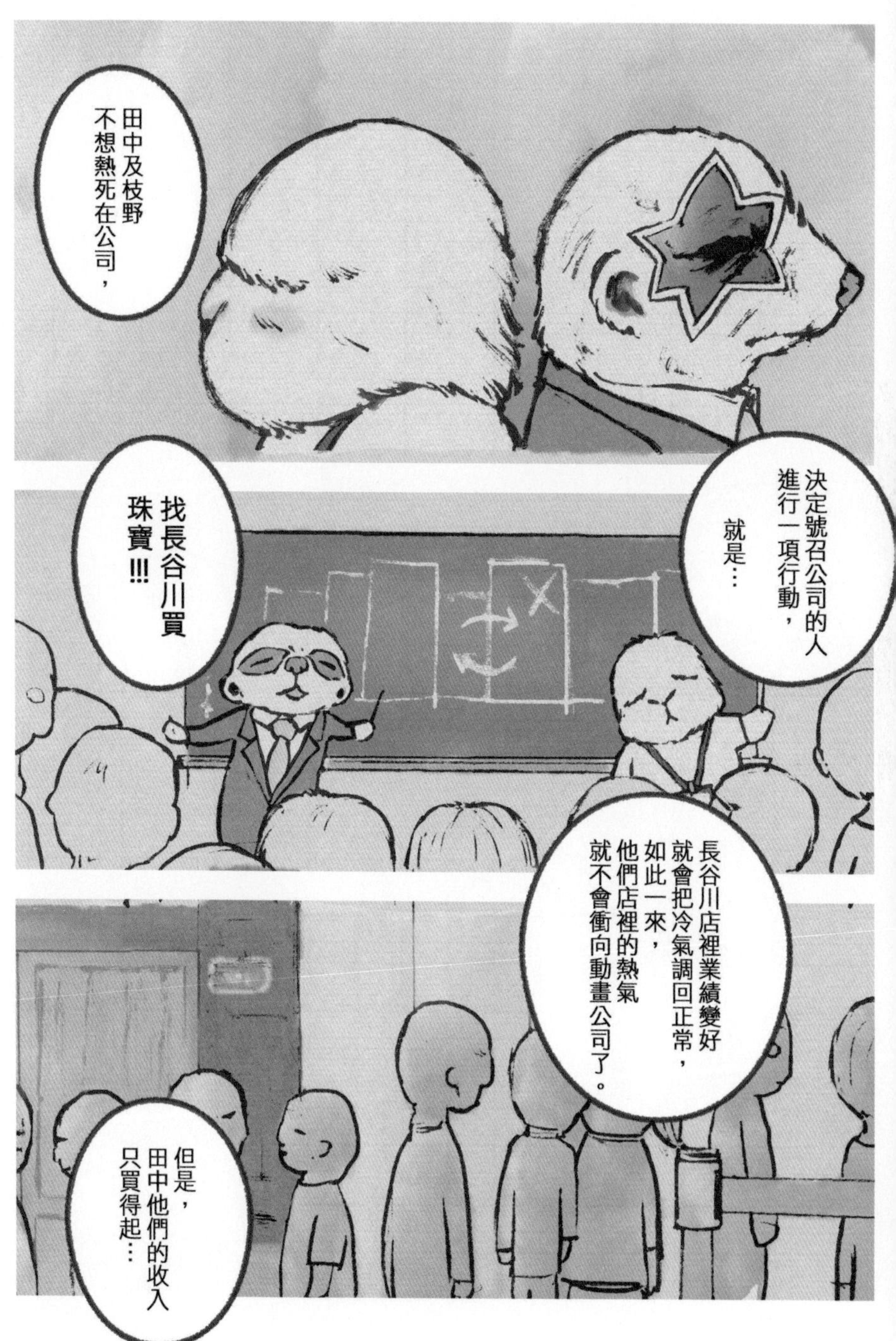
田中及枝野
不想熱死在公司，
決定號召公司的人
進行一項行動，
就是…
找長谷川買
珠寶!!!
長谷川店裡業績變好
就會把冷氣調回正常，
如此一來，
他們店裡的熱氣
就不會衝向動畫公司了。
但是，
田中他們的收入
只買得起…

你好！我要拭銀布…
最便宜的拭銀布。
註：一條拭銀布約新臺幣160元。
你好，我要拭銀布。
你好
你好，拭銀布。
拭銀布。
糟糕！這樣完全沒有業績了啊！
前輩!!!怎麼辦？
不接動畫師啦！
沒辦法他們都指定妳，我啊～剛剛又成交一筆三百萬…
啊，不好意思，你的五百萬…
前輩!!!氣場太旺了吧!!!

反觀田中他們這時…
真不想回公司，多問問題好啦！
涼快
舒適
拭銀布，是幹嘛用的？
當然是擦銀器的!!!
巴嘎
別逼我~~
改開暖氣!!!

一群人只好回熱死人的公司……
啊！你們看…

老闆又在約會啊！
是年輕女大生。

不可能！
這部漫畫應該要很有梗，
絕對不會那麼單純就是馬子，
難道是女兒嗎？
一定是女兒!!!
記得老闆悲慘的過去呀！

辛苦拚命的某天晚上
回家只看見，

桌上的離婚協議，

和搬空的家…
從此，
佐藤抱著恨，
一心投入工作地獄中…

呼~~
回來了。
宇都宮!!!
這麼早回公司~
不怕熱嗎?!
還喝熱拿鐵!!!
其實，
有時還有點冷吶。
瘋了嗎

咦
你背後…
牆壁有個洞？
有冷風吹出來!!
好冷啊～～～
這是…
應該是老闆辦公室
冷氣外洩吧!!!
真的有點冷啊…
根本黃金地段!!!

有一天，老闆又詭異地在上班時間外出。
又是去約會吧？
白博美女大生，總覺得不單純…
傍晚
燈光昏暗下，宇都宮座位後的洞口竟然發出了光!!!
老闆明明出門了，所以，冷氣外洩的來源，不是他的辦公室！

難道!!!
是廁所!!!
大家循線搜查
會不會有什麼
都市傳說？
發現是廁所
最後一間儲藏室
打開看看吧

舊冰箱!!!
上次有個客戶
開完會以後
再也沒有回家了…
太可怕了…
別忘了，
還有剛離開我們
的警衛…
閉嘴!!!
打開~

這個是…
原來是你!!!
回想之前晚上，
看到他搬東西進出公司，
原來那是酒!!!

我說吉田…

Let's Party！
來個冰箱啤酒派對啊！

喋喋喋

顆顆顆

人生，不能只有工作啊⋯
※但現在明明是上班時間⋯

唔，又巧遇啊！

看那個奇怪的大叔他的女友…
幾乎可以當他女兒了呀！
連路人都閒言閒語

佐藤先生這麼疼愛他的女兒，一定是為了彌補工作忙碌而沒有陪伴女兒吧！

另一方面，一開始很抗拒和大家分享冰箱的吉田
別過來!!!
也放棄守護冰箱，大家開始把東西放進冰箱裡。
該放哪層好呢
剝好皮的香蕉們
太噁了!!!
吉田完全無法阻止，過不久冰箱就被其他人的食物攻占。

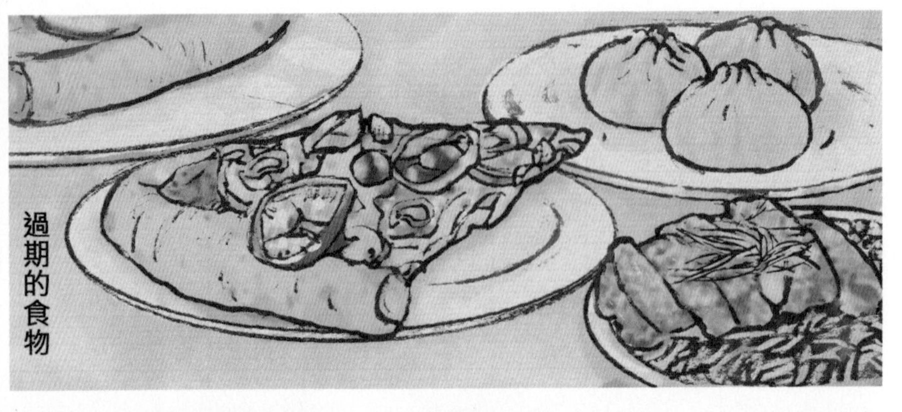

滑鼠

遺失的遙控器

隨身碟

吉田完全被壓制，
無法反抗。

你們這些
變態…

咦！

誰綁的?!

不知道啊!!

時間一久…

大家每天都很
期待這個幸福
快樂的中午聚餐。

這個幸福的空間、
幸福的時光，
幾乎變成了大家上班的
動力泉源。
直到有一天…

國際精品TooFunny專櫃櫃位

歡迎光臨～

歡迎光臨～

友子，讓我來吧！

中年大叔!!!
有救了!!
今天整天都是對戒鬼，
不然就是成對的女生！

註：大叔、老先生的成交率遠超過女性顧客。

為什麼店裡
開的是暖氣？
這要問你們公司
那些人吧！
哈囉！
不等我嗎？
這⋯這是⋯
各家的DM!!!
人家每一組
都要試戴喔！
齁齁齁！
這絕對不會
成交的啊⋯

今天專門來地毯式做功課的對戒鬼中的對戒鬼！
成交率是零啊啊啊⋯
剛剛問到，為什麼店裡開的是暖氣⋯
這是因為你們公司冷氣⋯

同時，公司廁所…
乾杯!!!
乾杯！
乾杯
乾杯!!!
喔喔喔!!!看起來好好吃…
有大阪燒就完美啦！

很好吃是吧！
什麼時候出現的!!!
嚇
知道我在辦公室多熱嗎?!
呃…
喝
吉田謝罪法
這…是你自己綁的吧!!!

你們是怎麼發現
這裡的？

當初是為了尋找
辦公室的冷風洞口
才會到這裡，但是…

始終也沒找到廁所的洞…

那洞的另
一邊是…

宇都宮!!!
你多久沒回
會計室了!!

原來洞口後面的房間
不是廁所，
而是會計室…

難怪薪資
一直沒下來！

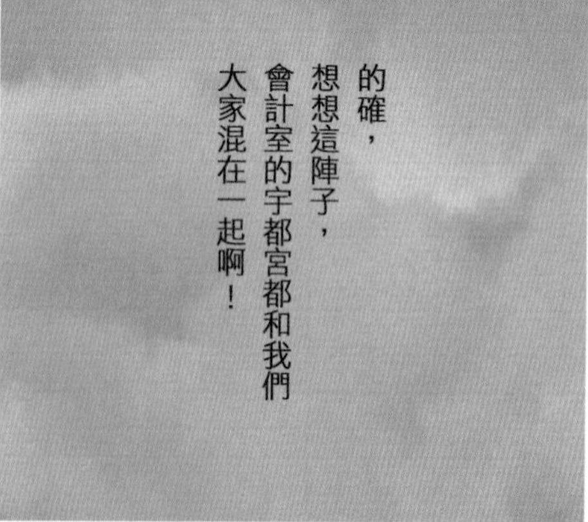
的確，
想想這陣子，
會計室的宇都宮都和我們
大家混在一起啊！

所以會計室冷氣
都沒有關嗎？
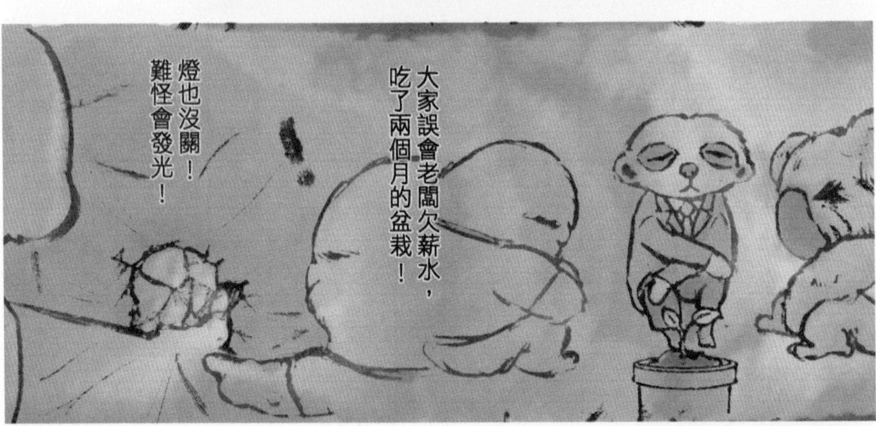
大家誤會老闆欠薪水，
吃了兩個月的盆栽！
燈也沒關！
難怪會發光！

我說燃志…

你就一輩子
當醬衛吧！
這樣還能
做動畫嗎？
啊⋯
呃⋯
今天是要來告訴你們，
我也好多年沒休假了。

下週開始，我會出國休假。
誒！
誒！

這段時間，我們用抽籤決定代理老闆。

吉田福太郎!!!
不要!!!
為何又是我？
因為你什麼都不會，最適合當社長啊！
什麼時候又綁好了
出國當天
沒想到最後是宇都宮當了警衛！
前輩請放心，就算當了警衛，我也會認真學習動畫的。

其實老闆內心
是個好人吧！

背著世人的
眼光，對自己
女兒這麼好！
不管別人怎麼看，
你一定是個
好爸爸的！

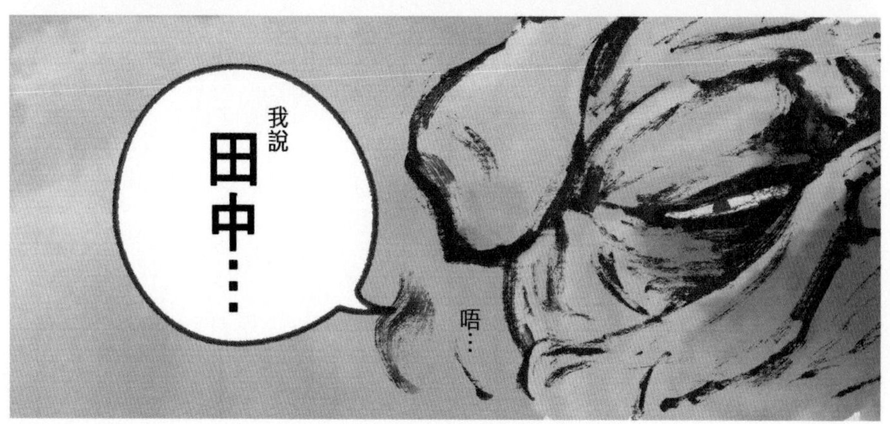
唔…
我說
田中…

你在說什麼？這是我的女人吶！

大叔香蕉味

日常亂說的心裡話

微胖

我們吃胖一點會很萌，但你不會。

年輕

到了一個年紀，很容易穿得太年輕。

上班

沒有，其實我們剛下班。

回家

誒……那是誰？那是我的車嗎？!

休假

難得今天準時到公司。

會議

會被罵得跟狗一樣 ?!

沒朋友

就不用硬喝些男子漢的東西了。

超市

我原本要買什麼……

午餐

心裡其實，想吃拉麵。

梳洗

誰說這樣不會沾到眼睛……

洗臉

她妹的！這是牙膏。

太陽

這兩個字我總是看成大腸。

露點

激凸什麼的就不重要了……

殘念

大叔恨透了這幾年的科技進步，
心中時常懊惱，剪了指甲還是滑不動手機。

酒醒

這…是誰家…

【Expresii】畫水墨漫畫

【狐獴大叔ミーアキャットおじさん】是如何用Expresii 畫出來的呢？

首先，整理好你的手繪草圖，將它們掃描進電腦。利用 Expresii 的「背景圖像」或「前景圖像」功能導入草圖，以乾筆把草圖描成線稿。接著在另一圖層，用濕筆加入墨色層。

（註：大叔的電腦配有獨立顯卡，而Expresii的水墨模擬運用了顯卡GPU運算故速度很快。顯卡不需要太貴的，就如 美金$100 的GT740 2GB已經很流暢了。）

完成水墨圖之後，可匯出畫作為PNG或PSD圖檔（Expresii 支援 alpha；PSD還可保留圖層），或拷貝（Ctrl-C）到剪貼板，再匯入或貼上（Ctrl-V）至Photoshop 做調色及其他後製程序。

這樣漫畫就大功告成啦！

Expresii 可以輸出超大的圖。當你看到整幅大圖，有著那些微妙的水墨滲化效果，會覺得很震撼！

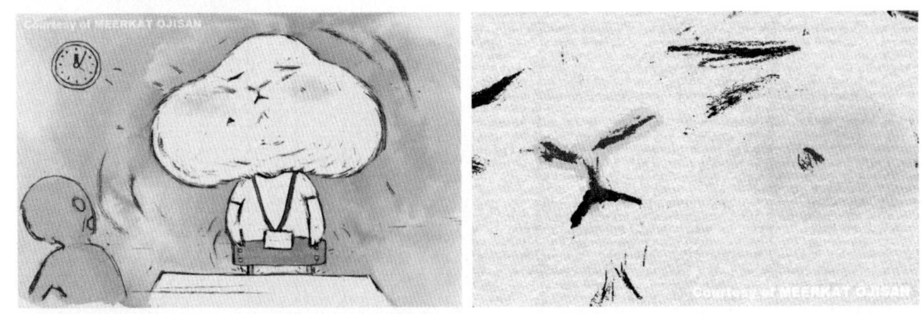

自然的水墨滲化，把漫畫角色包圍烘托，渾然天成，十分耐看。這是傳統水墨畫在電腦世界裡嶄新演繹。

有興趣玩玩看水墨畫軟體的朋友可以到的官網看看喔
Expresii 寫意 http://www.expresii.com

FUN 系列027

低調赤裸！狐獴大叔之職場亂鬥

作　　者—Tom
主　　編—邱憶伶
責任編輯—麥可欣
責任企劃—葉蘭芳
封面設計—我我設計
美術設計—葉鈺貞・我我設計
董 事 長
發 行 人—趙政岷
總 編 輯—李采洪
出 版 者—時報文化出版企業股份有限公司
一〇八〇三臺北市和平西路三段二四〇號三樓
發行專線—（〇二）二三〇六—六八四二
讀者服務專線—〇八〇〇—二三一—七〇五・（〇二）二三〇四—七一〇三
讀者服務傳真—（〇二）二三〇四—六八五八
郵　　撥—一九三四—四七二四時報文化出版公司
信　　箱—臺北郵政七九～九九信箱
時報悅讀網—www.readingtimes.com.tw
讀者服務信箱—newstudy@readingtimes.com.tw
時報出版愛讀者粉絲團—http://www.facebook.com/readingtimes.2
法律顧問—理律法務事務所 陳長文律師、李念祖律師
印　　刷—華展印刷有限公司
初版一刷—二〇一六年七月十五日
定　　價—新臺幣二六〇元

國家圖書館出版品預行編目資料

低調赤裸！狐獴大叔之職場亂鬥 / Tom作. -- 初版. --
臺北市：時報文化, 2016.07
面；　公分. -- (FUN系列；27)
ISBN 978-957-13-6713-2(平裝)

861.67　　105011403

ISBN 978-957-13-6713-2
Printed in Taiwan